Gwenddydd

Jerry Hunter

Argraffiad cyntaf — Awst 2010

ISBN 978 0 86074 265 4

Mae'r cyhoeddwyr yn cydnabod cefnogaeth ariannol Cyngor Llyfrau Cymru.

Cyhoeddwyd gan
Wasg Gwynedd, Pwllheli

I

PATRICK K. FORD

Deuthum i atat i adrawdd . . .

'Cyfoesi Myrddin a Gwenddydd ei Chwaer'
Llyfr Coch Hergest

Mor truan genhyf mor truan
a deryv am keduyw a chaduan,
Oed llachar kyulauar kyulauan . . .

'Ymddiddan Myrddin a Thaliesin'
Llyfr Du Caerfyrddin

Gwanwyn 1945

1

Daeth hi i'r goedwig fin nos.

Cerddodd yn gyntaf drwy'r tir neb hwnnw sydd rhwng cae a choed, y gofod gwyrdd nad yw'n ddôl nac yn llannerch nac yn llwyn. Arafodd ei chamre wrth iddi gyrraedd yr afallennau. Roedd y canghennau'n llwythog o flodau gwynion, miloedd o lygaid bychain yn wincio arni, yn edliw eu gwynder i lwydni'r cyfnos. Estynnodd fys i gyffwrdd ag un ohonynt yn ysgafn – cyffwrdd, nid pigo – cyn camu ymlaen. Aeth drwy'r llwyn bedw, rhisgl gwyn pob bedwen yn lifrai, yn datgan ei bod hi'n gwarchod y ffin. Ac yna daeth hi at y goedwig. Fel pysgodyn yn tramwyo'r dyfnderoedd tywyll, plymiodd yn hyderus i gysgodion y coed i droedio'r llwybrau llaith cyfarwydd.

2

Teimlodd y rhwyg cyn clywed y sŵn a phrofodd fin y poen cyn iddo sylwi ar y tân a'i llarpiodd. Ond llusgwyd ef yn fyw o gragen friw'r cerbyd.

Deffrodd eiliad, awr, ddyddiau'n ddiweddarach. Crwydrai'i feddwl rhwng cwsg ac effro, gan chwilio am ffordd a fyddai'n ei arwain yn ôl ato ef ei hun. Ond roedd poen pŵl ei gorff a chen hud y morffin yn ei rwystro fel drysni draen a dyfai dros hen lwybr.

Cofio, anghofio a chofio drachefn.

Yr awel ei hun yn boen ar ei groen.

Dwylo y gwyddai eu bod yn garedig yn arteithio wrth ei symud. Llais a ddeuai'n achlysurol i'w glustiau.

All right . . . got you . . . you'll be . . . it'll be . . . all right, lad . . . all right.

Ni welai ddim. Deuai'r llais i'w glustiau fel sisial ysbryd yn y nos.

All right . . . hold on . . . just . . . there . . . you'll be . . . you.

Chwyrlïai ychydig o olau ato drwy'r tywyllwch bob hyn a hyn ond roedd ceisio canfod siâp y golau fel ceisio disgrifio siâp gwynt yn yr awyr neu gerrynt mewn dŵr.

Ond fel y gwyddai mai llais oedd y sŵn a gludai eiriau digyswllt i'w glustiau, gallai adnabod ambell sŵn arall. Injan. Drysau cerbyd yn cau. Olwynion yn crensian dros gerrig, yn slochian drwy fwd. Roedd lleisiau eraill i'w clywed hefyd – yn gweiddi, yn galw, yn siarad. Clep ddofn. Weithiau gyfres ohonynt: clep, clep, clep, thwanc, thwanc, thwanc. Ergydion. Gynnau mawr yn tanio. A'r llais yn sisial geiriau digyswllt.

That's . . . you . . . there . . . we are . . . you'll be . . . you.

Deffrodd unwaith eto, ond i deimlad gwahanol y tro hwn. Trwy ganol y poen a drysni'r cyffuriau daeth llosg bach cyfarwydd i'w wddf, ac roedd yn gysur ei adnabod a'i alw wrth ei enw. Agorodd ei geg gan gymryd cysur pellach yn y ffaith ei fod yn gallu gwneud hynny. Siaradodd.

'Dŵr? Ga' i ddŵr? 'Sgwelwch yn dda? Sy . . . sych . . . syched. Ga' i ddŵr?'

Teimlai'i wddf yn crafu, yn rhasglio. Ni wyddai a oedd yn clywed ei lais â'i glustiau ei hun ynteu ai teimlo'i lais yn unig yr oedd, ei deimlo'n crafu'n gras yn ei wddf. Ond daeth y llais arall hwnnw i'w glustiau, yn uchel a chlir y tro hwn.

Oi – Oi – Oi – He's talkin'! Whad'ya say, mate? Come 'ere, he's talkin'!

Daliai i ofyn am ddŵr, ac roedd poen yr ymdrech, y crafu a'r cosi yn ei wddf, yn gwneud ei angen yn fwy.

Shit me! He's one o' 'em! He's talkin' German!

A sylwodd am y tro cyntaf ei fod yn gweld. Roedd gan y llais wyneb, yn grwn ac yn binc ac yn hofran uwchben gwyrddni tywyll ei grys lifrai. Daeth llais arall i'w glustiau, ond ni allai droi'i ben i weld a oedd gan hwnnw wyneb hefyd.

No, he's one of ours.

Then why's he speakin' friggin' German, eh?

That's not German, you idiot. And give 'im some water for God's sake, he looks like he needs it. Then go see if that ambulance driver is still outside. You know, what's his name? The Welsh one?

3

Eisteddai Gwen wrth ymyl ei mam yn yr ail res. Er mai dyna oedd eu lle arferol, roedd y cyfarwydd wedi mynd yn estron a'r cyfforddus yn anghyfforddus. Gwingai wrth feddwl am y llygaid y tu ôl iddi ac ni hoffai fod mor agos at y gweinidog. Caeodd ei llygaid gan ymgolli yn aroglau cyfarwydd y capel: cwyr a llwch, ffresni'r blodau newydd a llwydni'r hen lyfrau, sent a sebon yn ymrafael â chwys. Profiad tebyg oedd ceisio didoli arogleuon yr ysbyty: y septig a'r antiseptig yn gymysg, glendid yn ymrafael â budreddi.

'Yr Arglwydd a'm cadwo i rhag estyn fy llaw yn erbyn eneiniog yr Arglwydd.'

Ni hoffai lais y gweinidog ac ni hoffai'i bregeth chwaith. Roedd yna ormod o ymdrech yn ei suo a'i ruo, y cyfan fel pe bai wedi'i ymarfer: actor ar lwyfan yn chwarae un o weinidogion mawr yr oes a fu.

'Dyna a ddywedodd Dafydd wrth Abisai, "Yr Arglwydd a'm cadwo i rhag estyn fy llaw yn erbyn eneiniog yr Arglwydd." Ie, dyna oedd ei eiriau, ond rhaid ei fod wedi dweud y geiriau hynny yn ei galon ac yn ei feddwl, fel y byddwn ninnau weithiau yn cydnabod gwirionedd y tu mewn i ni cyn ei ddatgan ar goedd.'

Agorodd ei llygaid. Roedd talcen y gweinidog ifanc yn sgleiniog gan chwys, ac roedd ei wyneb yn goch gan yr ymdrech.

'A beth ddigwyddodd wedyn?'

Gwnaeth ddwrn o'i law a phwnio'r pulpud cyn codi'i law eto ag un bys ymhongar wedi'i estyn tua'r nenfwd. Ni ddywedodd yr un gair am yn hir, ond yn hytrach syllodd ar ei wrandawyr fel pe bai'n mwynhau'r anesmwythdra yr oedd ei dawelwch yn ei achosi yn eu plith. Cribodd y gynulleidfa â'i lygaid gan oedi i syllu'n araf ar y naill aelod a'r llall. Caeodd Gwen ei llygaid eto rhag iddo geisio dal ei llygaid hithau. Ni fyddai'i thad yn ymroi i'r ffasiwn gastiau yn y pulpud. *Stunt* y galwai ef bethau felly. Giamocs.

'Dywedaf wrthych beth a ddigwyddodd wedyn . . .'

Agorodd ei llygaid unwaith eto, heb sylwi'i bod wedi gwneud. Ni allai beidio.

'A Dafydd a gymmerth y waywffon, a'r llestr dwfr oddi wrth obennydd Saul, a hwy a aethant ymaith. Ac nid oedd neb yn gweled, nac yn gwybod, nac yn effro, canys yr oeddynt oll yn cysgu. O herwydd trwmgwsg oddi wrth yr Arglwydd a syrthiasai arnynt hwy.'

Craffodd Gwen ar ei wyneb gan geisio'i astudio a'i asesu o'r newydd. Ceisiodd anghofio bod y dyn ifanc hwn yn sefyll ym mhulpud ei thad yng nghapel ei thad ac yn pregethu i hen braidd ei thad mewn dull na fyddai ef wedi'i gymeradwyo. Craffodd. Roedd ei wyneb coch wedi'i eillio'n lân, ac roedd yr wyneb hwnnw'n gryf. Craffodd ar ei lygaid a bu'n rhaid iddi gyfaddef iddi'i hun na allai ganfod arlliw o'r actor ynddynt. Oedd, roedd yn ddiffuant. Byddai'n rhaid iddi leddfu'i beirniadaeth, peidio â beirniadu rhag . . .

'Gadewch i ni ddweud, fel y dywedodd Dafydd wrth Abisai: yr Arglwydd a'n cadwo ninnau rhag estyn llaw yn erbyn eneiniog yr Arglwydd. Ie, ond rhaid i ni ofyn yn gyntaf gan nad ydym yn gwybod yr hyn a wyddai Dafydd, rhaid i ni ofyn yn gyntaf *pwy* yw eneiniog yr Arglwydd?'

Cyn pen dim roedd wedi dad-wneud yr eiliad hwnnw o leddfu a meddalu. Mae yna fwy nag un math o ddiffuantrwydd. Gall dyn gredu yn yr hyn y mae o'n ei ddweud a defnyddio rhyw gastiau ffuantus er mwyn ceisio cyfleu'i deimladau a'i gredoau i eraill. Wyneb gwneud yw wyneb cyhoeddus pawb. Ychydig o wynebau felly sy'n wynebau diffuant. Dyna'r gwir, ac os oedd hi'n beirniadu trwy gydnabod y gwirionedd hwnnw, beirniader hi am ei gydnabod.

'Pwy yw eneiniog yr Arglwydd, gyfeillion, a phwy sy'n estyn ei law yn ei erbyn ef? A ydym ni yn gweled, ac yn gwybod? A ydym ni heddiw yn effro neu a ydym un ac oll yn cysgu? Ai trwmgwsg yr Arglwydd sydd arnom? Gadewch i ninnau, fel yr oedd . . .'

Ond roedd wedi gweld wynebau diffuant. Gormod ohonyn nhw. Y dynion y bu hi'n eu trin yn yr ysbyty yn Lloegr, y rhai a ddaethai'n ôl o'r rhyfel yn glaf ac yn glwyfedig.

Y rhai a syllodd i fyw ei llygaid wrth ddweud peth o'u hanes, wrth geisio cyfleu erchyllterau i un na welsai'r fath erchyllterau erioed.

Y rhai a wnaeth fel arall, gan geisio'i gwarchod hi rhag hyllni'r rhyfel, yn osgoi'r pwnc ac yn troi'r sgwrs, fel brawd hŷn yn tynnu sylw'i chwaer fach oddi ar sŵn storm y tu hwnt i'r pared.

Y rhai a fu'n gwasgu'i llaw ac yn troi llygaid ymbilgar arni.

Y rhai a ofynnodd iddi a oedd yn wir na fyddent yn byw i weld y bore.

'Gwen . . .'

'Be?'

Roedd y rhan fwyaf o'r gynulleidfa wedi gadael y capel a'r gweinidog wedi diflannu o'r pulpud. A oedd hi wedi sefyll i ganu'r emyn olaf ac wedi eistedd eto? Mae'n rhaid, ond ni allai gofio.

'Gwen, be sy'n bod? Wyt ti'n iawn?'

'Peidiwch â phoeni, Mam, doeddwn i ddim yn cysgu.'

'Waeth iti gysgu ddim, a chditha'n gadael i dy feddwl grwydro yn ystod y gwasanaeth.'

'Sut ydach chi'n gwybod mai crwydro oedd fy meddwl i? Hwyrach mai ymgolli mewn gweddi . . .' Stopiodd cyn gorffen ei brawddeg gan frathu'i thafod rhag chwerthin;

roedd yn hen gyfarwydd ag edrychiad ei mam, cyfuniad o gerydd a direidi na welsai ers misoedd lawer.

'Mi wn i be ydi gweddi a be ydi breuddwydio. Hitia befo. Dyro law i mi gael codi a mynd o 'ma.'

4

Deffrodd mewn gwely arall.

Roedd y synau'n gyfarwydd: prysurdeb pwrpasol y nyrsys, meddyg yn galw am gymorth neu wybodaeth, pesychu a griddfan y clwyfedig yn gymysg â mân siarad y cleifion gwell eu cyflwr. Roedd yr arogleuon yn gyfarwydd hefyd: sebon a diheintydd yn ymrafael ag oglau baw dynol. Yr un synau, yr un arogleuon. Ond gwyddai rywsut ei fod mewn gwely arall ac ysbyty arall. Agorodd ei lygaid a syllu ar y patrwm ar y nenfwd: oedd, roedd mewn ysbyty arall.

Sawl tro yr oedd wedi'i symud erbyn hyn? Faint o amser oedd wedi mynd heibio ers . . . ers beth . . . ers iddo ddeffro'r tro cyntaf? Deffro o beth? Geni, aileni, adeni, adennill, dyfod yn farw-fyw yn ôl i'r ddaear. Beth oedd wedi digwydd yn y cyfamser? Sawl gwely, sawl ysbyty, sawl taith mewn sawl math o gerbyd, sawl llais yn holi'i hanes a'i gyflwr? Ni allai gofio ac ni theimlai fod cofio'n bwysig.

Cododd ei law at ei wyneb: creithiau, a'r rheiny heb lwyr fendio eto, yn glytwaith ar hyd ei foch dde a'i ên. Blewiach dros y cwbl, yn dechrau ffurfio locsyn. Ni wyddai beth oedd yn ei gosi gymaint, y creithiau ynteu'r tyfiant yma. Ceisiodd ddychmygu'i wyneb, ceisiodd gofio. Caeodd ei lygaid er mwyn cau'r golau allan a chofio. Cofiodd ddrych, wyneb, a llun. Y fo yn edrych arno fo'i hun yn yr hen ddrych hwnnw ar wal y parlwr. Llun ohono'n blentyn ar y silff ben tân. Llun ohono yn ei lifrai a dynnwyd yn fuan ar ôl iddo ymrestru. Y tameidiau o'i wyneb y gallai'u gweld yn y drych bach hwnnw a ddefnyddiai wrth eillio mewn barics neu wersyll. Eillio.

Anwesodd y blewiach â blaenau'i fysedd: nid oedd wedi teimlo cymaint o locsyn ar ei wyneb erioed. Erioed. Gwenodd a daeth mymryn o boen ar sodlau'r wên, y creithiau'n tynnu ychydig at ochr dde ei geg. Poen o fath newydd: rhaid mai dyma oedd y tro cyntaf iddo wenu ers . . .

'Shwd y'ch chi heddi?'

Troes ei ben a gweld nyrs ifanc yn eistedd yn ymyl ei wely.

'Neis gweld bo' chi wedi dihuno.'

Llygaid gwyrdd mawr yn pefrio arno, gwallt du wedi'i dynnu'n dwt o dan ei het, a gwên fawr.

'Fe ofynnes i am gael tendio arnoch chi. Ar ôl imi glywed bo' chi'n Gymro. Do'dd y Metron ddim am adel imi neud, ond da'th y Doctor wedyn a gweud bo' fe'n cytuno. Meddwl allith helpu, ch'mod, gan nad y'ch chi wedi bod yn siarad lot. Miriam yw'n enw i.'

'Lle ydw i?'

'Moston Hall Military Hospital.'

'Mostyn? Lle 'dan ni?'

'Yn Lloegr. Moston Hall Military Hospital. Yn Chester. Wel, Caer, yndyfe. A beth yw'ch enw chi, 'te?'

'Lloegr? Ers faint dwi yma?'

'Wel, cyrhaeddoch chi yma ddoe. Ond y'ch chi yma yn Lloegr ers dros bythefnos, o leia, 'wy'n credu, wedi'ch symud o le i le.'

'O le i le? Ers faint?'

'Anodd gweud. Fel y rhan fwya o'r bechgyn sy'n dod yma, ma'n rhaid bo' chi wedi bod mewn sawl ysbyty cyn dod yma. Ond dyw'r holl nodiade ddim yn glir. Ma hi'n dipyn o dra'd moch 'ma, a gweud y gwir, gyda shwd gymaint ohonoch chi'n dod yn ôl o'r Cyfandir. Ond ma 'na ddigon o nodiade i awgrymu'ch bod chi wedi dod yn ôl i Loegr ers dros bythefnos.'

'Pythefnos? Lle o'n i cyn hynny?'

'Wel, cyn hynny rhaid bo' chi mewn nifer o *field hospitals* ac yn y blaen, ch'mod, ar y Cyfandir. Un o le y'ch chi? Y'ch chi'n dod o'r gogledd, 'yn dych chi?'

'Yndw.' Troes oddi wrthi a chau'i lygaid.

'Ble yn y gogledd, wed'ny? Y'n ni ddim yn bell o ogledd Cymru yma. 'Wy wedi bod yn Llandudno unwaith gyda chwpwl o'r merched eraill ar *weekend leave*. Mynd i Lanelli i weld 'y nheulu fydda i ar *seven days leave*, ond mae'n rhy bell am *weekend*. Rhaid bo'ch catre chi'n agosach o lawer na 'ny. Ble chi'n byw? Y'ch chi isie sôn amdano? Eich catre?'

'Nacdw.'

'Wel, ces i 'magu mewn sawl lle, a gweud y gwir, o gwmpas sir Gâr a sir Aberteifi. Caerdydd am ychydig hefyd. Yn Llanelli cyn mynd yn nyrs. Y teulu wedi symud dipyn, chi'n gwel'. Ond sa i'n gwbod llawer am ogledd Cymru. O le yn yr hen ogledd 'na y'ch chi'n dod, 'te?'

Heb agor ei lygaid cododd ei law at ei wyneb eto. Ni ddywedodd ddim.

'Ble 'chi'n byw? Y'ch chi isie gweud 'tho i?'

Arhosodd yn hollol ddistaw, ei lygaid wedi'u cau ac un llaw'n anwesu'i wyneb ei hun.

Aeth munud o dawelwch yn ddau.

Aeth dau funud yn dri.

'Wel, popeth yn iawn. Peidiwch â becso dim. Mi gewn ni sgwrs fach am hynny rywbryd 'to. Y'ch chi isie drych i ga'l gweld? Dyw e ddim yn ddrwg o gwbwl. Wedi mendio'n reit neis. Ac ma barf yn eich siwto chi. A gweud y gwir, roedd y Metron isie imi'ch siafo chi, ond awgrymes i nad oedd yn syniad da. Meddwl y gallith roi loes ichi . . . brifo, ch'mod. Cytunodd y Doctor. Do'dd hi ddim yn blesd iawn, y Metron, a finne'n cael fy ffordd unwaith 'to, ond dyna ni. Nid ceisio cael y llaw ucha arni hi o'n i chwaith, dim ond meddwl am y'ch lles chi, chi'n gwel'.'

Oedodd. Daeth synau eraill y ward i lenwi'r tawelwch rhyngddynt: pesychu, griddfan, troli'n hercian rolio, mân siarad, rhywun yn chwerthin. Cydiodd hi yn ei fraich a'i gwasgu'n dyner.

'Wel dyma fi wedi siarad digon, a finne isie clywed amdanoch chi. Fe alwa' i 'to nes mlân.' Gwasgodd ei fraich unwaith eto cyn codi a cherdded i ffwrdd.

5

Gwyddai Gwen yr hoffai'i mam aros a chymdeithasu ychydig gyda'r rhai a safai ar fuarth y capel – dangos i'r cymdogion fod ei merch wedi dod adref a brolio'r hyn a wnâi yn yr ysbyty yn Lloegr. Ond ni allai wynebu'r cwestiynau, y procio a'r holi. Clywai suo'r lleisiau'n mynd yn ddistawach ddistawach wrth i'r ddwy gerdded yn araf i lawr y stryd, a'i mam yn pwyso ar ei braich.

'Dwi'n falch eich bod chi wedi symud o dŷ'r capel, Mam. Roedd yn chwith gen i ar y dechra, pan ges i'ch llythyr yn sôn am y symud, ond dwi'n falch rŵan.'

'Fi ddewisodd fynd, cofia. Y fi. Roeddan nhw'n fodlon imi aros yno ar ôl i dy dad farw, chwara teg iddyn nhw. Hyd yn oed ar ôl i Mr Evans dderbyn yr alwad i gymryd lle dy dad, roedd o isio imi aros, chwara teg iddo fo. Mi ddywedodd y câi lojings yn y pentra yn ddigon hawdd, ac ynta'n ddyn sengl heb angan mwy na gwely a phwt o fwrdd i sgwennu'i bregetha. Ond doedd o ddim yn teimlo'n iawn, rywsut, a finna ar mhen fy hun yn y tŷ mawr yna, a chdi i ffwrdd yn nyrsio yn Lloegar, a dy frawd . . .' Pesychodd ac yna tawelu.

'Mae'r bwthyn newydd yn glyd iawn, beth bynnag. Dydi o ddim yn ormod o waith i chi, nacdi Mam, ac mae yna ddigon o le i mi aros hefyd.'

Erbyn hyn roedd y ddwy wedi troi oddi ar stryd fawr y pentref ac yn cerdded i fyny'r lôn gul. Lôn drol oedd hi, yn dyllog ac yn anwastad; baglodd ei mam a dim ond llaw Gwen a gydiai yn ei braich a'i cadwodd rhag disgyn.

'Damia!' Caeodd Gwen ei cheg yn rhy hwyr. 'Ddrwg gen i, Mam. Mae'r iaith yn mynd . . . wel . . . fel'na . . . yn yr ysbyty weithia. Dwi'n trio ngora i godi uwchlaw hynny, ond fedra i'm peidio.'

'Dda gen i mo'r hen regi 'na, mi wyddost yn iawn, ac mae'n beth hyll iawn mewn hogan. Ond dyna fo: dwi wedi deud fy neud ac rwyt ti'n rhy hen imi olchi dy geg efo sebon.'

'Ddaru chi rioed neud hyn'na.'

'Naddo, siŵr. Ond mi faswn i wedi gneud yn ddigon handi tasat ti wedi siarad fel'na erstalwm.'

* * *

'Cym'wch hoe fach, Mam. Mi a' i i hwylio cinio i ni.'

'Diolch, nghariad i. Mae yna ddigon yna. 'Dan ni'n lwcus, o styriad y prinder a'r *rationing*. Mae pobol wedi bod yn ffeind iawn wrtha i, chwara teg iddyn nhw.'

* * *

Stwnsho tatws. Ffrio tameidiau o gig moch. Torri brechdan.

'Damia! Blydi hel!' Gollyngodd Gwen y gyllell. Troes ei phen at y drws: rhaid bod ei mam yn cysgu erbyn hyn; go brin y clywodd hi. Edrychodd ar flaen ei bys lle roedd stribed o waed yn ymffurfio. Craffodd yn fanylach cyn tywallt ychydig o ddŵr o'r jwg drosto. Craffodd eto: glân ac arwynebol. Nid oedd yn debygol o fynd yn septig.

'Once a nurse, always a nurse.'

Gwenodd wrth gofio geiriau'i ffrind Sally a'r modd y defnyddiai'r ymadrodd i dynnu'i choes pan wnâi rywbeth 'nyrslyd' yn ystod eu hamser hamdden.

'Leave it in the hospital, love. Don't wash your hands for a change. Enjoy the dirt. I do.' A'r ddwy'n chwerthin.

'Gad o yn yr ysbyty,' meddai'n uchel wrthi'i hun. '*Easier said than done*, Sally fach. Haws dweud na gwneud.'

Roedd y lleill yn tynnu'i choes yn aml ac yn edliw ei difrifoldeb iddi. Gallai fwynhau jôc. Gallai chwerthin. Gallai ymuno yn y sgyrsiau am gariadon a darpar-gariadon neu dreulio awran yn trafod y ffilm ddiweddara neu ba gylchgrawn bynnag a ddeuai gyda'r post yr wythnos honno. Gwyddai y dylai anghofio dros dro am y ward a'r cleifion a holl ofynion y meddygon. Cadw'r meddwl yn iach ac yn glir, cadw'i phen uwchben y dŵr. Ond teimlai'n aml mai actio oedd hi wrth ymuno yn yr hwyl a'r mwynhau, a bod ei chyd-nyrsys yn rhyw synhwyro hynny. Byddai'i meddyliau'n aml yn cylchdroi o gwmpas yr hyn a ddigwyddasai yn ystod ei shifft ddiwethaf: y cleifion y bu'n tendio arnynt, natur eu clwyfau, y straeon a glywsai ganddynt. A phan fyddai un yn marw . . .

'Snap out of it, Gwen. It's what we do, it's all part of the job. It's a bloody mess, a crying shame, and, no, it's not fair, but it happens. And it's going to happen a lot more. Again and again and again. So you'd better get used to it. We all have to. Don't think about it. You think too much anyway.'

Sawl tro yr oedd Sally wedi'i cheryddu yn y modd hwnnw? A thebyg oedd byrdwn llawer o'r sgyrsiau Cymraeg a gâi gyda Greta.

'Paid â meddwl gymint amdano fo. Meddwl gormod, dyna dy broblem di.'

'Fedra i ddim peidio. Mae yna gymint i feddwl amdano fo.'

'Oes, siŵr iawn. Ond gwell peidio. Helpu'r hogia, dyna'n gwaith ni. Eu gwella nhw. Gneud eu hamsar yn yr hospital chydig yn fwy cyffyrddus. Dyna'n gwaith ni, Gwen, nid meddwl amdano fo. Gneud, nid meddwl. Gad hynny i bobl fatha dy dad, y gweinidogion a'r beirdd a ballu. Cad dy feddwl ar dy waith pan fyddi di'n gweithio, ac wedyn dos ati i fwynhau dy hun ar ôl i'r shifft orffen. Gweithio, mwynhau a chadw dy hun yn gry ar gyfer y shifft nesa. Dyna'r cwbwl.'

'Ond *mae* yna gymint i feddwl amdano.'

Gwyddai cyn iddi fynd yn nyrs fod rhyfel yn anffurfio'r corff, ond dysgodd yn fuan ei fod yn anffurfio'r meddwl hefyd. Claf heb fraich, un arall heb goes, un â'i wyneb yn glytwaith o greithiau: roedd y clwyfau a welai bob dydd ar y ward yn ddeunydd crai hunllefau. Ond profiad o fath arall roes fod i'w hunllefau hi. Y gwacter neu'r ofn a welai yn llygaid rhai ohonynt. Yr hyn a ddywedodd ambell un. Un yn sgrechian fel plentyn am ei fam ac yna'n troi'n gas ac yn rhegi arni pan geisiai'i gysuro. Y creithiau na ellid eu gweld, y clwyfau na ellid eu gwella.

'Haws deud na gneud. Mae yna *gymint* i feddwl amdano. Sut mae peidio â meddwl am betha felly?'

'Efo pwy wyt ti'n siarad?'

'Neb, Mam. Dim ond y fi fy hun.'

'Ydi popeth yn iawn, nghariad i?'

'Ydi, Mam. Mae cinio bron yn barod.'

6

> Mor druan gennyf, mor druan,
> am yr hyn a ddigwyddodd i Gadfan.

Pwy oedd yna? Roedd wedi bod yn siarad â rhywun, ond ni allai gofio na'i wyneb na'i lais na'i eiriau. Y cyfan a gofiai oedd yr hyn yr oedd yn ceisio'i ddweud wrth bwy bynnag y bu'n ymddiddan ag o.

> Roedd y frwydr yn ffyrnig, yn danboeth:
> llachar cyflafar cyflafan.

Agorodd ei lygaid a gweld mai nos ydoedd. Roedd y ward yn anarferol o dawel, â dim ond ychydig o besychu a chwyrnu i'w clywed. Cododd ar ei eistedd a chraffu ar yr ystafell dywyll. Neb i'w weld ar ei draed, dim ond rhesi o gleifion yn cysgu yn eu gwlâu. Daeth yn ymwybodol o ryw boen pŵl yn ei ochr a'i fraich chwith: pryd oedd y tro diwethaf iddo eistedd i fyny? Ceisiodd droi a gosod ei draed ar y llawr er mwyn sefyll ond daeth gwayw o boen i'w atal. Gorweddodd eto.

Miriam. Pam nad oedd wedi siarad â hi? Gallai fod wedi ateb ei chwestiynau. Yn hawdd. Gallai fod wedi agor ei geg – ac o bosibl ychydig o'i galon – ac adrodd ei holl hanes wrthi. Roedd hi'n hogan glên, yn ceisio'i helpu. Clywai lais ei fam ac yntau'n blentyn bach:

'Ddim fatha chdi i fod mor anghwrtais, Robert.'

Ond er bod rhan ohono'n ei gymell i ateb y nyrs a sgwrsio'n glên â hi, roedd rhan arall ohono'n ei atal. Ddim fatha fo. Cododd ei law dde at ei wyneb a theimlo'r creithiau a'r locsyn. Pwy oedd o bellach? Cofiai'i dad yn ei geryddu:

'Paid â bod mor hunandosturiol. Peth felly ydi bywyd. Peth felly ydi byw. Nid byw yw hunandosturi, ond ffordd o wawdio bywyd. Rhaid i bob gwas arfer ei ddawn. Dos ymlaen. Byw.'

Arfer ei ddawn, dyna a wnaethai wrth ymrestru yn y fyddin. Camu'n hyderus i gyfarfod ag ansicrwydd, i wynebu her yr amseroedd. Byw, a hynny trwy ddysgu lladd eraill.

'Nid lladd fydda i, ond helpu eraill i osgoi cael eu lladd.'

'Dysgu trin arfau wyt ti 'run fath. Dysgu lladd ydi hynna.'

'Fedra i ddim yn fy myw eich plesio chi, Nhad. Dach chi'n erbyn Hitler a phopeth mae o'n ei wneud a dach chi'n deud bod yr amgylchiadau'n her mae'n rhaid i ni i gyd godi i'w hwynebu, ond pan dwi'n mynd ati i'w hwynebu a listio yn yr armi, dach chi'n dyfynnu'r Deg Gorchymyn imi.'

'Dim ond un gorchymyn dwi'n ei ddyfynnu, ac "Na ladd" ydi hwnnw.'

'Dydw i ddim am ladd neb. Dydw i ddim yn bwriadu lladd neb. Dydw i ddim *isio* lladd neb.'

'Ond mi rwyt ti'n dysgu lladd.'

'Wel, ia, rhag ofn.'

'Rhag ofn beth? Rhag ofn bod rhaid.'

'Wrth gwrs – rhag ofn bod rhaid.'

'A sôn am y Deg Gorchymyn, dwyt ti ddim yn *bwriadu* godinebu na lladrata na dwyn cam dystiolaeth chwaith, ond mi fyddet ti pe bai amgylchiadau'n newid fymryn. Dyna ben draw dy resymu di. Bod gwerthoedd a moesau yn bethau amodol, yn newid efo'r gwynt. Mae dysgu lladd yr un fath â dychmygu lladd, ac mae dychmygu lladd hanner y ffordd tuag at ddeisyfu lladd.'

'Dwi ddim yn deisyfu lladd neb. Faint o weithia dwi wedi deud wrthach chi? Dyna pam dwi wedi listio efo'r Reconnaissance Corps. Sgowtio a gwylio fydd 'y ngwaith i. Gwylio'r gelyn a sicrhau na fydd ein hogia ni'n cael eu dal a'u lladd. Gwylio a gwarchod.'

'Ia, hynny a chael hyd i'r Almaenwyr er mwyn i'r

awyrennau eu bomio a'r gynnau mawr eu sielio. Yr un peth ydi o yn y diwedd. Lladd neu beidio, mi fyddi di'n helpu eraill i ladd.'

'Faint o weithia dwi wedi deud wrthoch chi? Helpu eraill i osgoi cael eu lladd fydd fy mhriod waith i. Nid lladd.'

I beth y dywedodd gelwydd noeth wrtho? Er mwyn ceisio gwarchod ei dad rhag realiti'r math o ryfel y byddai'n ymladd ynddo, ynteu er mwyn ceisio'i warchod ei hun rhag beirniadaeth ei dad? Am ba reswm bynnag, celwydd noeth oedd o. Ymrestrodd yn y Recce Corps am sawl rheswm, ond nid oedd osgoi lladd y gelyn yn un ohonynt. Roedd balchder yn eu mysg, peth arall a gyfrifai'i dad yn bechod. Apêl elitiaeth, cael ei dderbyn gan uned nad oedd yn derbyn neb ond y gorau, y galluocaf, y mwyaf deallus.

Roedd T. H. Parry-Williams ar fai hefyd.

'Hon sy'n ei deud hi ora.' Eisteddai gyda Huw yn y dafarn, a'r gyfrol fechan las ar agor ar y bwrdd rhwng y ddau lasiad o gwrw.

'Yr ysgrif gynta un yn y llyfr. Honno sy'n crisalu'r cyfan. Profiad, teimlad. Nid rhamant y gorffennol, ond profiada a theimlada wedi'u gwreiddio yn ein byd modern ni.'

'Ond mae'n hen, Robat bach.' Cipiodd Huw y gyfrol a throi at yr wyneb-ddalen.

'Sbia di fan'ma. *Nineteen twenty-eight.* Ddeng mlynadd yn ôl.' Bodiodd y tudalennau eto a chael hyd i ddiwedd yr ysgrif dan sylw.

'A sbia di fan'ma; mae'r ysgrif ei hun yn hŷn na'r gyfrol. *Nineteen twenty-two.* Be oedd dy oed di yn *nineteen twenty-two*? Saith? A be wyt ti rŵan, tair ar hugian? Os wyt ti isio rwbath modern, sbia am rwbath a sgwennwyd heddiw. Y bora 'ma. Neu aros i weld be geith ei sgwennu fory. Basa KC16 Mr T. H. Parry-Williams yn edrych fatha dillad dy hen nain o'i gymharu â moto-beics heddiw.'

'Be wyt ti'n wybod am foto-beics?'

'Dim mwy na chdi. Ond mae petha wedi symud ymlaen ers *nineteen twenty-two*, siawns.'

'Nid dyna'r pwynt. Y ffordd mae'n gofyn cwestiyna sy'n bwysig. Y ffordd mae'n sbio ar y byd modern. Yn gofyn i ni neud yr un fath.'

'Tasat ti'n sbio o gwmpas dy hun mi welet ti fod y gwydra 'ma bron yn wag. Ac wedyn, gyda lwc, byddet ti'n cofio mai dy dro di i dalu ydi o.'

'Dim ond ar ôl i ti wrando ar hyn: "Ni allaf ddisgrifio'r teimladau annaearol a brofir ar ei gefn ar nos dywyll, a'r golau . . ."'

'Y teimladau – be oedd y gair 'na? – y teimladau an-nae-ar-ôl a brofir ar ei chefn ar nos dywyll . . .'

'Cau dy ben, y pen rwdan uffar, a gwranda: "Eisteddir megis yn y cyswllt rhwng canol dydd a chanol nos, a phopeth yn gwibio o'r nos i'r dydd ac yn ôl i'r nos."'

'Be 'nelo hynna â'r byd modern 'ta, Mr Ffilosoffer?'

'Y ffordd mae o'n gweld petha sy'n bwysig. A'r ffordd mae o'n ei deud hi. Gwranda ar y darn yma: "Ac y mae swyn anhraethadwy mewn cyflymdra: symud – sbid – mynd."'

Gwagiodd Huw ei wydr a'i glecio'n swnllyd ar y bwrdd gan rolio'i lygaid.

'Symlrwydd. Mae'n syml, ond eto mae'n gwneud yr union beth y dylai 'i neud. Fel peiriant da. Mae'n sôn am ryfeddoda, ond nid y math o beth mae rhywun yn ei ga'l mewn rhamant ac ati. Rhyfeddoda'r oes newydd. Wel, ia, a rhamant yr oes newydd, hwyrach.'

'Wela i'm llawer o *ramant* mewn hen beiriant swnllyd. Rho i mi geffyl. Ond o ddifri, does 'na ddim rhamant mewn peiriant, Robat. A does 'na ddim rhamant mewn gwydr gwag chwaith.'

Gwenodd a theimlo'r creithiau'n tynnu at ochr ei geg. Nid oedd yn brifo cymaint heddiw. Teimlai'n drwsgl, fel pe bai hanner ei wyneb wedi'i rwymo mewn cadach, ond roedd y poen wedi cilio.

* * *

Ysgrifenasai lythyr at Huw o'r barics yng Ngogledd Iwerddon yn fuan ar ôl ymrestru ym 1941:

> Wel, gyfaill, dyma fi'n paratoi i ymladd yn y rhyfel yma mewn modd teilwng o'r oes. Rwyf wedi pasio'r *exams* ac wedi fy nerbyn i'r 53rd Reconnaissance Corps, sy'n rhan o'r 53rd Welsh Division. Ystyr hyn oll yw y byddaf yn cael 'cyfaill o beiriant a mynd ynddo', chwedl yr hen THPW. Os nad motor-beic, yna rhyw *recce car* neu *armoured car* neu ryw fath o gerbyd. Rhywbeth cyflymach na dy hen geffyl di, bid sicr! 'Symud – sbid – cyflymdra.' Rydym yn fodern i'r eithaf yma, yn dysgu popeth am y gwahanol fathau o weiarlesi y byddwn ni'n eu defnyddio yn y maes. Yn fodern i'r eithaf, yn symud yn gyflym ac yn ymateb yn gyflym, a dyna sut mae ennill rhyfel fel hwn . . .

Ni chafodd bostio'r llythyr. Yn ôl y sensor, roedd yna ormod o fanylion, gormod o ffeithiau.

'Dim *facts and figures,* dim *details.* Dim byd sensitif. Tywydd, cariadon, pethau fel'na. Os wyt ti isio sôn am dy waith yma, sgwenna am bethau cyffredinol. *Write in general terms*. Sôn am y *war effort*, pawb yn trio'u gora dros eu gwlad. Dim *facts and figures*.' Dim ffeithiau. O'r gorau.

Ni fyddai'n ysgrifennu at Huw byth eto, beth bynnag. Collwyd o pan suddwyd ei long gan U-boat.

> Huw. Cadfan.

Cododd ei ddwylo at ei wyneb:

> y fi.

Mor druan gennyf, mor druan.

7

'Pam nad ei di am dro i'r coed, Gwen?' Eisteddai'r ddwy wrth y bwrdd a'u brecwast newydd ei orffen.

'Dwn 'im. Dach chi awydd mynd am dro, Mam? Dwi ddim yn credu 'i fod o'n syniad da ar hyn o bryd. Bu bron i chi faglu ar y ffordd adra o'r capal ddoe.'

'Naci, naci, ngghariad i. Dydw i ddim am fynd. Meddwl o'n i y bydda'n beth llesol i chdi gael chydig o awyr iach. Dwyt ti ddim wedi bod i fyny fan'na ers iti ddod yn ôl.'

'Ddes i'n ôl i fod efo chi, Mam.'

'Ac mi wyt ti efo fi, ngharIad i. Ond bydda'n gneud lles i chdi. Dos. Mi wna i glirio'r llestri 'ma.'

'Mae'n iawn, Mam, wir.'

'Dos am awran. Dwi ddim isio ichdi fygu yn yr hen fwthyn 'ma. Dos am dro, mi wneith les ichdi. Fyddat ti'n treulio dy holl amsar yno erstalwm. Cofia fel y bydda dy dad yn dy bryfocio yn ei gylch?'

'Mi ddylai geneth ifanc grwydro'r dolydd a hel blodau yng ngwres yr haul, nid llechu mewn coedwigoedd llaith tywyll yn hel baw gwiwerod.'

'Ia. Dim ond tynnu dy goes oedd o, mi wyddost ti hynny. Mi fydda'n deud wrtha i o hyd ei fod o'n falch iawn dy fod yn mwynhau gogoniant natur.'

'Ia: gogoniant natur. Mae yna gymint o eiria, dywediada, ymadroddion . . . Fedra i mo'u clywad nhw heb feddwl am Nhad. Petha unigryw, dach chi'n gwybod. Dywediada arbennig, petha na fydda neb ond y fo yn eu deud. A hefyd rai geiria cyffredin, geiria bob dydd bydda i'n eu cysylltu efo fo. Dyna sy'n rhyfadd.'

Oedodd gan ddisgwyl i'w mam ddeud rhywbeth ond aros yn dawel wnaeth hi.

'Petha cyffredin iawn. Fel sgidia. Fedra i ddim clywad y gair "sgidia" heb feddwl amdano. Pam, dwch? Y peth mwya syml yn y byd, ond y peth rhyfedda.'

'Fedra i ddim, Gwen.' Siaradai drwy'i dagrau. 'Fedra i ddim.'

Estynnodd y ferch ei llaw i gydio yn llaw ei mam a'i gwasgu.

'Be, Mam? Mae'n ddrwg gen i os . . .'

'Naci, nghariad i. Paid â phoeni. Ond fedra i ddim. Fedra i ddim siarad amdano fo drwy'r adag. Mae'n ormod o gollad. Colli dy frawd yn y rhyfel ac wedyn colli dy dad. Wsti, ar ôl clywad am dy frawd byddwn i'n sôn amdano fo drwy'r dydd. Drwy'r nos hefyd. Bydda dy dad yn gofyn imi droi fy meddwl at y byw. Cofio'r marw ond troi'r meddwl at y byw, dyna ddeudodd o. Deud oedd o y dylwn i feddwl amdana chdi. Ac mi oeddwn i, cofia, bob dydd. Mi wyddwn y byddwn i'n dy weld di eto cyn hir. Ond sôn amdano oedd yr unig ffordd oedd gen i o gysylltu efo Robat, wsti. Ceisio dal ngafael arno fo ychydig. Mi wyddwn y byddwn i'n dy weld di eto'n fuan.'

'Ac mi ddes i, yn'do, Mam? Ddwywaith. Dwn 'im sut yn y byd ces i gymint o *leave*, wir. Roedd Greta'n deud bod y *sister* yn teimlo'n euog am mod i'n gweithio cymint fel arall. Ond dyna fo. Mi ges i ddod atoch chi eto'r tro hwn hefyd.'

'Gad imi orffan. Ichdi gal dallt be dwi'n trio'i ddeud. Dyna i gyd oeddwn i'n ei neud, sôn am dy frawd, a dy dad yn gofyn i mi gofio'r marw ond ceisio troi fy meddwl at y byw hefyd. Ac wedyn dyma fo'n marw. Dy dad. Dwi'n meddwl amdano fo. Ac am dy frawd. Dwi'n meddwl am y ddau ohonyn nhw drwy'r amsar. Fedra i ddim peidio. Ond mi wyt ti yma, a dwi isio siarad efo chdi. Isio sôn amdanat ti. Dwi isio clywad dy lais, a dysgu mwy am dy hanas di. Isio dy holi am dy waith yn yr ysbyty – does yna ddim hannar digon o fanylion yn dy lythyra. Dwi isio dysgu pob dim am dy fywyd, wsti.'

'Toes yna ddim llawar i'w ddysgu, wir.'

'Wel, mi gei ddechra arni 'run fath nes ymlaen. Dos am dro rŵan. Dos i fyny i'r coed, mae'n fora hyfryd. Mi a' i i orfadd am chydig. Ar ôl imi olchi'r llestri 'ma.'

Cododd Gwen â dwy blât yn ei dwy law.

'Ewch i orfadd rŵan, Mam. Mi olcha i'r llestri 'ma. Ac wedyn mi a' i am dro.'

8

Golau llachar, gormod o sŵn, a'r meddyg yn ei blagio eto.

'Now listen here. You can talk. We've all heard you.'

Gwên ffuantus ar ei wyneb coch, a goslef ei lais yr un mor ffals, yn methu cuddio'i ddiffyg amynedd.

'Now I am sure that if you concentrate and try, you can tell me your name. Just tell me your name. What's your name? Your battalion? Commanding officer? Anything. Just a few details. A few facts. A few details. So we can contact your family. Think of them, man. Look at me. Here. No? Well say something, for the love of Christ, something.'

Caeodd ei lygaid. Ffeithiau. Manylion. Ei deulu. Er eu mwyn nhw.

'Fine. Just close your eyes and I will indeed go away. Nurse, if you please.'

Sŵn sgidiau ar y llawr caled yn mynd oddi wrtho, yn ymdoddi yn nhwrw'r ward. Clywodd gamre o fath arall yn nesáu ac yna'r gadair yn ymyl ei wely'n symud fymryn wrth i rywun eistedd arni.

'Ma'n iawn nawr. Ma fe wedi mynd. Fi sy 'ma nawr. Miriam. Y'ch chi'n 'y nghofio i?'

Agorodd ei lygaid ac edrych arni.

'Dyna ni. Wrth gwrs y'ch chi'n cofio. Sa i'n gweld bai arnoch chi o gwbwl yn gwrthod siarad 'da'r hen ddoctor yna. Ond beth am siarad 'da fi dipyn bach? Dim ond gweud beth sydd ar 'ych meddwl chi. Sdim ots beth. 'Wy ddim yn becso am yr hen *ddetails* 'na. Sdim ots beth. Gweud rhywbeth.'

Craffodd arni.

Ty'd 'laen. Ma hi'n hogan glên. Paid â bod mor anghwrtais. Dechreua efo dy enw. Deud y cyfan wrthi. Deud rwbath wrthi. Unrhyw beth.

'Na? Dim byd o gwbwl heddi? Reit, wel siarada i, 'te. 'Wy wedi dod â rhywbeth bach y tro 'ma. Drych bach. Y'ch chi'n mo'yn gweld 'ych hunan? Gan 'ych bo' chi'n edrych cymaint yn well erbyn hyn, o'n i'n meddwl y bydde fe'n syniad da i chi weld 'ych hunan. Beth y'ch chi'n feddwl?'

Cododd ei dwylo gan ddangos cefn y drych iddo.

'Beth y'ch chi'n feddwl? 'Ych chi'n barod? Os na wedwch chi ddim byd, gymera i 'i bod hi'n iawn 'da chi.'

Troes y drych a'i ddal uwchben ei wyneb.

'Shwd ma hwnna? Y'ch chi'n gweld? Dyw e ddim hanner mor ddrwg nawr, ch'wel. Ma'r farf yn 'ych siwto chi i'r dim. Smart iawn, a gweud y gwir. Ma'n cuddio'r rhan fwya o'r creithiau, ch'wel, dim ond rhyw ychydig sydd i'w gweld ar 'ych boch. Ac yn ôl y doctor, ma'r hen greithiau 'na'n mendio'n dda iawn, beth bynnag. Gallwch siafo'r cwbwl yn lân nawr os y'ch chi'n mo'yn. Y'ch chi'n gweld yn iawn? Beth y'ch chi'n feddwl?'

Caeodd ei lygaid eto.

'Gwedwch rywbeth. Eh?'

Gwyddai ei bod hi'n eistedd yn dawel wrth ei ochr. Ar ôl munud neu ddau neu bump clywodd y gadair yn symud.

'Dyna ni. Popeth yn iawn. Beth am drio eto fory, 'te?'

Agorodd ei lygaid ar ôl iddi fynd a syllu'n hir ar y nenfwd.

Agor dy geg, agor dy galon. Deud rwbath, y pen rwdan uffar. Pam na ddeudi di beth welist ti yn ei drych bach hi? Llygaid tebyg i dy lygaid di. Trwyn rhywbeth yn debyg, ond ei fod wedi'i dorri ac wedi mendio ychydig yn gam. Locsyn browngoch. Beth oedd y gair? Gwinau. Gwineugoch.

Locsyn go drwchus, ond ychydig yn deneuach ar un ochr i'w ên lle y gallai weld ychydig o groen coch y graith yn dangos. Y graith yn ymestyn i fyny'i foch ar yr un ochr, yn glytwaith o linellau coch a phiws.

'Ia, wel, dyna chdi, y llo gwirion. Pen rwdan uffar. Dyna chdi, dyna fo, deud di wrthi. Rwyt ti wedi gweld gwaeth, yn'do? Deud wrthi, 'ta. Pam lai? Deud fod dy wynab yn goblyn o lanast ond, ia, wel, fel deudodd hi, dydi o ddim yn rhy ddrwg chwaith. Deud wrthi dy fod di wedi gweld gwaeth.'

> Paid â siarad, paid â siarad, paid â siarad. Dim gair. Rhag ofn bod rhywun yn dy glywed, rhag ofn i Miriam ddod yn ôl a chlywed. Ni allaf ddal am yn hir iawn. Gwn y byddaf yn ildio'r tro nesaf, yn ei hateb. Paid â meddwl amdani hi, paid â meddwl am y lle hwn. Dos i rywle arall, rhywle saff.

* * *

Y llyfrgell a thomen o lyfrau ar y bwrdd o'i flaen.

'Be wyt ti'n neud yn fan'ma?' Llais Huw.

'Be wyt ti'n feddwl? Darllan.'

'Ond *be* wyt ti'n 'i ddarllan? Be 'di hwn?' Cododd un gyfrol a'i hagor. '*The Four Ancient Books of Wales*. Neis iawn. *Edited by William Forbes Skene.* Neis iawn wir.' Gollyngodd y llyfr trwm ar y bwrdd, yn ddi-hid o'r darllenwyr eraill.

'Gan bwyll, y penbwl gwirion. Ma hwnna'n werth mwy na chyflog misol Nhad.'

'A hwn? *The Black Book of Carmarthen, reproduced and edited by J. Gwenogvryn Evans*. Hyfryd iawn. A'r gyfrol fechan dew hon? *Canu Llywarch Hen*, gyda rhagymadrodd a nodiadau gan Ifor Williams. Neis iawn wir. Ac yn dy law . . .?'

‘Cyfrol newydd Ifor Williams, *Canu Aneirin*. Newydd gyrraedd.’

Eisteddodd Huw mewn cadair wag ar ochr arall y bwrdd gan godi golygiad Gwenogvryn o’r Llyfr Du eto.

‘Ia, Robat bach, ond be wyt *ti*’n ei neud yn darllen petha fel hyn? Be ddeudith Tomas Herbart a’i bolion teligraff a’i foto-beic? Mi gei di dy ddiarddel gan dy gyd-foderns.’

‘Ac mi gei ditha dy ddiarddel o’r llyfrgell am neud cymint o sŵn, y penbwl.’

Rhoddodd y llyfr yn ôl ar y bwrdd, yn gymharol ddistaw’r tro hwn, gan bwyso’n nes at Robert a sibrwd.

‘Ond o ddifri, ’wan. Dwi ddim wedi dy weld yn darllan petha fel hyn erstalwm. Be sy? Tröedigaeth? Neu, ’wrach, yn llithro’n ôl? Un o’r dychweledigion yn colli’r ffordd?’

‘Os wyt ti’n sôn am ddarllan barddoniaeth ganoloesol yn lle llyfra cyfoes, mi ddylsat ddeud fy mod i’n gadael y byd pechadurus hwn er mwyn ymuno â’r dychweledigion.’

Sythodd Huw yn ei gadair a thaflu’i ddwylo i’r awyr.

‘Dyna chdi, wedi nghholli i’n barod.’

‘Dychwelyd. I’r gorffennol. Ond, o ddifri, os wyt ti’n gallu bod o ddifri am eiliad. Ia . . . wel . . . na. Dwi wastad wedi mwynhau’r petha ’ma. Ar adega. Mae’n braf cal antidôt i’r byd modern weithia, wsti ti. Os ydi T.H. yn gofyn i ni weld y byd modern mewn ffordd wahanol, yna rhaid cyfadda bod gan yr hen feirdd Cymraeg ’ma ffordd wahanol o weld y byd hefyd. Ac mae’n llesol i gofio hynny ar adega. Cofio bod yna ffyrdd erill o weld petha. Dwn ’im. Mae’n braf ca’l dianc o’r byd modern weithia hefyd.’

‘Amen, pregeth ar ben, pawb i sbio tua’r nen. Ty’d am lasiad ’wan. Mae dy ddarllan di drosodd am heddiw.’

9

Cerddai'n gyflym i lawr y lôn a gysylltai fwthyn ei mam â stryd fawr y pentref gan wyro'i chamre er mwyn osgoi'r tyllau.

'Damia.'

Edrychodd o'i chwmpas: hi oedd yr unig un ar y lôn gul. Rhegodd yn uwch.

'Y blydi bastad tylla 'ma. Gallai Mam ddisgyn a thorri'i braich neu'i chlun. Be wnaen ni wedyn, y bastads? Blydi bastad tylla. Damia chi. Damia.'

Tawodd cyn troi i mewn i'r stryd fawr.

'Gwen? Chi sy yna, yndê?' Trodd ar ei sawdl a gweld Mrs Griffiths, un o ffrindiau'i mam, yn brysio tuag ati a'i gwynt yn ei dwrn.

'Dyna chi. Roeddwn i'n meddwl mai chi oedd yna. Mi ges i gip arnoch chi yn capel, ond ches i'm cyfle i siarad efo chi wedyn. Ac mae yna gymaint i'w drafod hefyd, 'yn does? Dwi ddim wedi'ch gweld yn iawn, hynny ydi, dwi ddim wedi cael *sgwrs* efo chi ers cynhebrwng eich tad.'

Ceisiodd Gwen wenu gan wybod mai gwên ffals fyddai, ond ni ddeuai geiriau i'w gwefusau ac ni fynnai geisio cael hyd i'r geiriau a fyddai'n eu galluogi i siarad â'r ddynes.

'A deud y gwir, dwi ddim yn cofio cael llawer o sgwrs efo chi'r adeg honno chwaith. Dwi ddim 'di cael sgwrs iawn efo chi ers *cyn* i chi glywed am eich brawd. Isio cydymdeimlo ydw i, a hynny ers hydoedd, ond heb gael cyfle. Ac wedyn daeth marwolaeth eich tad yn fuan ar ôl hynny, a finne heb gael cyfle i gydymdeimlo â chi ar ôl i chi golli'ch brawd. Mae'n wir ddrwg gen i drostoch chi. Mae'n golled ofnadwy.

Roedd yn hogyn mor glyfar, eich brawd. Cymaint o fynd ynddo fo, fel bydda Edward – Mr Griffiths – yn ei ddeud. Mae profedigaeth wastad yn anodd, ond mae colli hogyn mor glyfar, mor fywiog, dyn ifanc gyda chymaint o'i flaen o. Ac wedyn eich tad. Wel, mae'r holl beth y tu hwnt i eiriau, 'yn tydi?'

'Diolch, Mrs Griffiths.' Gwthiodd y geiriau allan gan obeithio y byddent yn ddigon i ddirwyn y sgwrs unochrog i ben. Teimlai eiriau eraill yn cronni y tu mewn iddi erbyn hyn, ac roedd hi'n ysu am gael eu poeri allan, eu saethu oddi ar ei thafod at glustiau'r ddynes. Eisiau dweud wrthi'i bod hi wedi gwastraffu digon o eiriau'n trafod rhywbeth a oedd y tu hwnt i eiriau.

'Dydi'r pentre na'r capel ddim 'run fath heb eich tad. Ond cafodd wasanaethu am gyfnod hir yn ein plith, yn'do, ac roedd gwasanaethu'n rhoi cymaint o bleser iddo fo, 'yn doedd? Cafodd flynyddoedd da, yn'do? Ond eich brawd – hogyn mor glyfar, cymaint o fynd ynddo fo, cymaint i'w gynnig. Wedi gwneud mor dda yn y coleg. Ac wedyn roedd 'na ganmol arno fo pan aeth yn athro, 'yn doedd? Ac yntau mor glyfar, yn gadael yr ysgol i fynd yn ôl i'r coleg i neud be-dach-chi'n-galw-fo. Listio wedyn, a gwneud mor dda yn yr armi hefyd. Yn gallu troi 'i law at *rywbeth*, fel bydda Mr Griffiths yn ei ddeud. Rhywbeth. Mae pob marwolaeth yn golled, 'yn tydi, ond mae colli hogyn mor glyfar . . . Wel, dyna ni. Mae'r cyfan y tu hwnt i eiriau, 'yn tydi?'

'Diolch, Mrs Griffiths.'

'Mae gan bawb yn y pentre gymaint o biti drostoch chi'ch dwy, chi a'ch mam. Colli'r ddau mor agos at ei gilydd. Un ergyd ar ôl y llall. A sut mae'ch mam? Hynny ydi, sut ydach chi'n ei gweld hi? Mae hi'n ddynes gref, cofiwch, ond . . .'

'Diolch, Mrs Griffiths, diolch. Mae'n ddrwg gen i, ond fedra i'm siarad rŵan. Mae'n rhaid i mi fynd.'

Cyflymodd ei cherddediad wrth iddi fynd heibio i'r capel. Dau ganllath arall a byddai'n ymadael â'r pentref, yn camu dros y caeau ac wedyn yn diflannu i'r goedwig. Ni fyddai Mrs Griffiths na'r un enaid byw arall yn tarfu arni yno. Cododd ei llygaid: awyr las a'r haul yn tywynnu, y tywydd gorau posibl y gellid ei ddymuno ym mis Mai. Byddai lleithder y bore'n codi yng ngwres y prynhawn a'r goedwig yn deffro drwyddi. Beth oedd y llinell honno y byddai'i brawd yn ei dyfynnu o hyd? Sut oedd ei brawd yn ei hadrodd? Ni allai glywed ei lais: gallai'i *gofio* yn siarad, gallai gofio pethau a ddywedodd, ond ni allai *glywed* ei lais. Ymbalfalodd amdano y tu mewn iddi. Stopiodd gerdded. Caeodd ei llygaid a chanolbwyntio. Mynnodd glywed ei lais, ei dynnu o ddyfnderoedd ei chof a'i sodro'n fyw yn ei chlustiau. Ond ni ddaeth o hyd iddo. Bu'n rhaid iddi fodloni ar glywed y geiriau'n llithro oddi ar ei thafod ei hun.

'Hawddamor glwysgor glasgoed.' A'r llinell nesaf?

'Mis Mai haf . . .' Damia. Beth oedd y gweddill? Rhywbeth yn odli gyda *choed*. Coed, troed, oed. Oed. Rhywbeth am oed. Beth oedd y gweddill? Damia. Cododd ei llaw ac estyn bys a bawd er mwyn gwasgu'r dagrau o'i llygaid.

'Miss Jones?' Llais dyn yn dod o'r tu ôl iddi.

'Miss Jones? Maddeuwch i mi am darfu arnoch . . .' Nid oedd y llais yn gyfarwydd iawn, ond eto roedd yn swnio'n debyg i lais a glywsai o'r blaen. Estynnodd hances o'i phoced yn gyflym a chwythu'i thrwyn cyn troi i'w wynebu.

'Maddeuwch i mi, ond roeddwn i'n meddwl mai chi oedd yna. Nid wyf yn credu'n bod ni wedi cyfarfod yn iawn eto, ond rwyf wedi clywed llawer amdanoch gan eich mam. Fe welais i chi yn y capel y bore 'ma.' Y gweinidog newydd. Beth oedd ei enw eto?

'Ond dyma fi'n dod allan am dro . . . a'ch gweld yn cerdded i lawr y stryd. Maddeuwch i mi am fy hyfdra, ond roeddwn yn meddwl y byddai'n gyfle i ni gyfarfod.'

Mr Evans. David Alun Evans. Roedd wedi clywed yr enw gan ei mam ddigon o weithiau yn ystod y dyddiau diwethaf.

'Mae'n dda gen i'ch cwarfod chi, Mr Evans.' Ceisiodd swnio'n ddiffuant.

'Maddeuwch i mi am darfu arnoch, ond mae arna i eisiau dweud, cyn i mi ddweud unrhyw beth arall, ei bod hi'n ddrwg iawn gennyf drosoch chi. Rwyf wedi bod yn eich cofio yn fy ngweddïau. Hynny yw, eich cofio chi er nad oeddwn wedi'ch cyfarfod. Ches i ddim cyfle i gyfarfod â'ch tad na'ch brawd chwaith, yn anffodus, ond rwyf wedi clywed llawer am y ddau. Clywais eich tad yn pregethu unwaith, a dweud y gwir, mewn cymanfa bregethu rhyw bum mlynedd yn ôl, ond ni chefais y pleser o'i gyfarfod yn iawn. Ond roedd ganddo enw da. Dilychwin, a dweud y gwir. Mae'n anodd dilyn ôl traed bugail mor ragorol, ond fe geisia i ngorau. Ac ers i mi ymgartrefu yma rwyf wedi clywed llawer o bethau da iawn am eich brawd. Beth bynnag, yr hyn y mae arna i eisiau'i ddweud yw ei bod hi'n wir ddrwg gennyf. Fedra i ddim dychmygu'r ffasiwn golled, ond, os goddefwch i mi ddweud, medraf awgrymu y cewch gysur drwy droi at Dduw. Trowch ato mewn gweddi, Miss Jones, ac mi gewch gysur. Mae'n bosibl na ddaw'n syth y tro cyntaf, ond trowch ato Ef yn gyson mewn gweddi ac mae'i gysur Ef yn sicr o ddod.'

'Diolch, Mr Evans. Diolch yn fawr iawn i chi.'

'Dywedais wrth eich mam y gallwn i drefnu'r gwasanaeth, pe bai hi'n dymuno.'

'Pa wasanaeth, Mr Evans?'

'Ar gyfer eich brawd. Mi wn nad ydych wedi clywed yn ffurfiol eto, ond mae'ch mam yn dweud wrtha i eich bod chi'ch dwy'n credu erbyn hyn ei fod o wedi marw. Ac mae'n wir ddrwg gennyf, Miss Jones. Gadewch i mi ddweud hynny eto: mae'n wir ddrwg gennyf. Mi wn nad yw'r corff yn debygol o ddod adref, a bod hynny'n destun pryder. Peth naturiol felly yw disgwyl. Ond, eto i gyd, mae gwasanaeth yn gallu bod yn gysur. I'r teulu, wyddoch chi. Ac felly dywedais wrth eich mam fy mod i'n barod iawn i wasanaethu yn y modd hwnnw, pe bai hi'n dymuno. Ond dywedodd hithau y byddai'n rhaid iddi ymgynghori â chi. Ddyweda i ddim mwy am y peth ar hyn o bryd. Dewch i'w drafod ar ôl i chi'ch dwy benderfynu beth hoffech ei wneud. Ond roeddwn i am i chi wybod fy mod i'n barod iawn i wasanaethu. Cofiwch alw unrhyw bryd os hoffech ei drafod. Os hoffech drafod unrhyw beth.'

'Diolch, Mr Evans. Mi gofia i.'

Yn fuan ar ôl iddi ymadael â'r gweinidog roedd hi'n ymadael â'r pentref hefyd, yn camu dros y caeau a orweddai rhyngddo a'r goedwig. Daeth at y coed afalau. Yn ôl ei thad, gweddillion hen berllan oeddynt, perllan a fuasai'n llenwi'r cae hwn cyn iddi hi gael ei geni. Bu farw'r rhan fwyaf o'r afallennau am ryw reswm, wedi mynd yn ysglyfaeth i henaint neu afiechyd neu dân neu fwyall dyn difeddwl. Ni ellid ei galw'n berllan mwyach, dim ond ychydig o goed afalau digyswllt â defaid yn pori'r tir agored rhyngddynt.

Daeth yn nesaf at y llwyn bedw, a rhisgl gwyn y coed yn disgleirio yn yr heulwen. Oedodd yn ymyl y fedwen fwyaf gan ymestyn ei llaw i anwesu'i chroen sidanaidd. Astudiodd y rhisgl yn fanwl gan ddilyn y mân batrymau â blaen ei bys. Dyma'r cyfeillion y bu'n dyheu amdanynt. Cryf ac esmwyth, caled a meddal. Llonydd. Tawel. Balch. Yn well na Mrs Griffiths â'i siarad di-baid, yn well na Mr Evans y Gweinidog a'i gynnig i 'wasanaethu'. Dechreuodd grio. Sut oedd o'n gallu sôn am ei gorff o? Dieithryn yn trafod corff ei brawd hi, a'r ddau'n sefyll yno ar ganol y stryd. Ei brawd hi, ei hunig frawd, yr unig un. Robert.

Bu'r ddau'n chwarae yn y fan hon, yn rhedeg drwy'r coed hyn, yr union goed hyn. Bu'r ddau'n troi'r afallennau a'r bedwenni'n ddeunydd crai eu dychmygion, yn gestyll, yn gewri, yn hwylbrenni llongau. Llongau'n hwylio o Lŷn i Lerpwl. Llongau'n cludo Madog a'i filwyr dros yr Iwerydd i fyd newydd. Llongau'n dilyn Bendigeidfran dros y môr i achub Branwen ac i ddial ar ei gormeswyr. A'r llong unig a ddaethai â'r ychydig yn ôl, y rhyfel drosodd, y brawd wedi marw, a'r chwaer yn marw o dristwch. Pa long a gludai gorff ei brawd hi adref rŵan?

Pa fath o farwolaeth gafodd o? Sut oedd ei eiliadau olaf? A oedd mewn poen? A fu farw'n gyflym? A oedd yn effro? A oedd yn unig? Bu'n ceisio gwthio'r cwestiynau o'i meddwl ers iddi dderbyn y newyddion, ond ni allai. Gwyddai ormod am glwyfau milwyr a'r holl ffyrdd y gallai'r rhyfel hwn ladd. A hithau wedi glanhau cannoedd o glwyfau, wedi clywed cannoedd o straeon am gyd-filwyr a fu farw ar faes y gad, ni allai beidio â hel meddyliau am farwolaeth ei brawd ei hun. Sut y bu farw Robert? Pwy oedd efo fo ar y pryd? Nid oedd y fyddin wedi trosglwyddo unrhyw fanylion. Dim ffeithiau, dim gwybodaeth.

'Dwyt ti ddim yn gwbod, Gwen, ac mae yna gysur yn hyn'na hefyd.' Greta oedd y gyntaf i geisio'i chysuro ar ôl iddi glywed.

'Sut felly? Mae o'n farw, 'yn tydi?'

'Naci, naci. Dwyt ti ddim yn gwbod hynny. Dydi o ddim yn sicr. Mi alla fod yn garcharor. *Missing* mae o'n ddeud, nid wedi marw.'

'Naci, Greta. *Missing, presumed dead*. Nid *missing, presumed taken prisoner*. Mae gynnon nhw syniad go lew, wsti. Maen nhw'n gwbod. *Missing, presumed dead*, ac mae hynny'n golygu'i fod o wedi marw ond eu bod nhw'n methu cael hyd i'w gorff o. Dyna be mae o'n ei feddwl.'

'Dwyt ti ddim yn gwybod hynny, Gwen. Dwyt ti ddim.'

'Yndw, Greta, yndw. Dyna be *mae* o'n ei feddwl, ei fod o wedi marw ond eu bod nhw'n methu cael hyd i'w gorff o. Ac mae hynna'n golygu'i fod o wedi marw mewn ffordd erchyll. Mae'n golygu nad oes yna ddigon ohono . . .'

Cofleidiodd y goeden, ei thynnu'i hun ati. Rhisgl gwyn esmwyth yn wlyb gan ddagrau. Pa long a gludai'i gorff adref?

10

Oedd, mi oedd yn goblyn o frwydr, 'yn doedd? Lwc i ni ddod drwyddi. Lwcus ofnadwy, yndê, Sam? Yndê, Ned? Piti am y lleill. Beth oedd eu henwau? Coblyn o frwydr, myn uffar i. Llachar cyflafar cyflafan. Arfderydd. Blydi Arfderydd, myn uffar i. Paid â siarad, paid â siarad, paid â siarad. Dim gair. Rhag ofn iddi glywed, rhag ofn iddi ddod yn ôl a dechrau holi eto. Rhag ofn imi ildio, ei hateb, agor, adrodd. Dangos yr holl warth iddi. Arfderydd, blydi Arfderydd.

Agorodd ei lygaid: canol nos, a'r ward yn dawel.

Dim pesychu i'w glywed hyd yn oed. Ble mae'r truanddyn a oedd yn cadw twrw drwy'r nos neithiwr? Wedi'i symud, mae'n rhaid. Wedi marw? Go brin: does fawr neb yn marw yn y lle hwn, yn wahanol i'r lle diwetha. Ond rhaid bod y pesychwr wedi marw neu wedi'i symud. Mae Huw wedi marw. Do, do, do, ond welais i mohono'n marw. Aeth o i'r llynges, cofia. Cofia, cofia, cofia. Do, aeth o i'r llynges. A suddwyd ei long gan U-boat rywle yng nghanol y môr. Arfderdydd arall. Ond welais i mohono'n marw. Ond mi welais i'r lleill. Do, do, do. Beth oedd eu henwau nhw? Mae Sam a Ned yn fyw: daeth pob un ohonon ni'n tri drwyddi'n iawn. Do, do, do. Ond nid y lleill. Mi wn i eu henwau'n iawn. Ond gwell peidio â siarad amdanyn nhw rŵan. Gwell peidio â chofio. Dyna ni. Canolbwyntia ar yr hyn sy angen ei wneud rŵan.

Concentrate on the task at hand. If you're there to gather information, then gather it – quickly, quietly and efficiently.

Cofia'r hyfforddiant elfennol gest ti yn Winchester. Winchester 'ta Lochmaben 'ta Annan? Naci, Winchester oedd o: y ganolfan hyfforddi dros dro a gafodd ei sefydlu yn y Rifle Brigade Depot. Ces i *leave* i fynd adra. Do? Naddo. Do. Ai dyna oedd y tro ola imi'u gweld, y tri efo'i gilydd? Naddo, naddo, naddo. Pan ges i *leave* y tro hwnnw es i i weld Gwen yn Neuadd Brogyntyn. Do, do. do. Ond nid ar ôl Winchester oedd hynna. Naddo, naddo. Pryd oedd y tro ola i ni'n pedwar fod efo'n gilydd? Cofia, cofia, cofia. Ni'n pedwar: fi, Mam, Dad a Gwen.

Ta waeth, ta waeth. Canolbwyntia, canolbwyntia ar yr hyn sy angen ei wneud rŵan. *Concentrate on the task at hand. If you're there to gather information, then gather it.* Iawn: mae'n dywyll ac mae'n dawel ar hyn o bryd. Mi wn o brofiad na fydd yn aros felly am yn hir iawn. Bydd rhywun yn deffro, yn creu twrw, ac yna daw un o'r nyrsys. Ac mae'n bosibl y daw un ar ei liwt ei hun i sbio, i siecio. Iawn, iawn, iawn: dyna'r cyfan y galla i ddeud am y sefyllfa ar hyn o bryd. Beth yw'r cam nesaf? Symud, symud yn gyflym cyn i'r sefyllfa newid.

Eisteddodd i fyny. Symudodd y dillad gwely o'r neilltu'n ddistaw gan araf droi'i gorff a gosod ei draed ar y llawr.

Argian, mae'n brifo. Ond nid cymint â'r tro diwetha imi drio. Pryd oedd hynny? Neithiwr? Echnos? Ta waeth: canolbwyntia, canolbwyntia. *Concentrate, concentrate, concentrate*. Cyflym a distaw, cyflym a distaw.

Safodd. Cymerodd gam.

Ia, wel, dyna ni. Mi wyddwn y byddai'n brifo. Ond tydi o ddim cyn waethed ag y gallai fod. Ddim yn rhy ddrwg, a deud y gwir. Anghofia amdano fo: canolbwyntia ar y joban nesa. Symud, symud mor gyflym â phosibl gan gadw mor ddistaw â phosibl. Beth yw'r cod? Pa liw? Coch, mae'n siŵr. Ia, coch. *Moving in Red: enemy presence strongly suspected and caution must be taken while moving.* Iawn, symud mewn coch, 'ta, ond gwna fo mor gyflym â phosibl. Cyn i rywun ddŵad.

Canolbwyntia, canolbwyntia, canolbwyntia. A symud . . .

Haf 1942

11

'Diolch byth amdanach chdi, Gwen.'

Eisteddai'r ddwy wrth un o'r byrddau yn y ffreutur. Pwysai Greta dros ei phlât, a hwnnw wedi'i glirio ers sbel. Parhâi Gwen i bigo'i bwyd â'i fforc gan godi tamaid bychan yn achlysurol at ei cheg.

'Diolch amdanach chdi, wir Dduw. Bydda'r ysbyty mawr 'ma'n lle reit annifyr i weithio ynddo fo fel arall.'

'Dwn i ddim, Greta. Mi wnei di arfar.'

'Fedra i ddim. Dwi yma ers tri mis yn barod. Roedd y Camp Reception Station yn gymint neisiach rywsut.'

'Doeddach chi ddim yn gweld yr un math o achosion. Y clwyfau dwys ac ati.'

'Dwn 'im.' Oedodd. Cododd ei chyllell oddi ar y plât. Daliodd hi'n agos at ei llygaid gan graffu arni cyn ei rhoi i lawr unwaith eto. 'Na, mi wyt ti'n iawn. Doeddan ni ddim yn gweld yr un math o glwyfau yno. Ond eto, roedd yna rai pethau digon ofnadwy, wsti. Rhai o'r hogia mewn cyflwr pur wael. Ond, eto, roedd y lle'n gymint llai. Dyna'r gwahaniaeth; roedd y CRS yn llai. Ac yn fwy cyfeillgar. Pawb yn nabod pawb o ran y staff. Dwi'n teimlo ar goll yn y lle 'ma. Ac mae 'na gymint o reolau, cymint o *drefn*.'

'Beth sy'n bod ar drefn? Rwyt ti'n dweud y gair fel 'sa fo'n rhywbeth drwg. Mae angan trefn mewn ysbyty, yn enwedig un mor fawr.'

'Yn union. Mae o *mor fawr*. Ac mae yna gymint o drefn. Cymint o reolau. A gormod o bobol yn sbio lawr arnach chdi, yn gwylio popeth ma rhywun yn ei neud ac yn barod i weld bai a deud y drefn. Dwi'n teimlo dros y VAD newydd 'na. Mae hi ar goll yn llwyr. Fatha fi. Baw isa'r domen.'

'Dwi ddim credu fasa neb yn dy alw di'n faw, Greta.' Rhoddodd Gwen ei fforc ar ei phlât ac estyn ei llaw ar draws y bwrdd. Cydiodd yn llaw ei ffrind. 'Ddylet ti ddim bod mor ddigalon – chdi o bawb.' Gwasgodd ei llaw yn dyner. 'Rwyt ti'n cael mwy o hwyl yn y lle 'ma na'r rhan fwya ohonon ni. Hyd yn oed rŵan, a ninna'n goro' gneud mis o *night shifts*, rwyt ti'n chwerthin mwy na neb.' Tynnodd ei llaw yn ôl, gosod ei dwy benelin ar y bwrdd y naill ochr i'w phlât, plethu'i dwylo a phwyso'i gên arnynt. 'Dwi'n ei chael hi'n ddigalon iawn ar adegau, rhaid i mi gyfadda. Nid y gwaith ond y tywyllwch. Prin dwi wedi gweld gola dydd ers wythnos. Mae'n dywyll bob tro dwi'n sbio allan drwy'r ffenast.'

'Dwi'm yn meindio hynna gymint. Ma'r gwaith yr un fath. Ac mae yna bobol i siarad hefo nhw yr un fath. Cyfla am sgwrs a chydig o hwyl rhwng gwaith a gwely.'

'Fel deudis i: rwyt ti'n cael mwy o hwyl yn y lle 'ma na'r rhan fwya ohonon ni.'

'Ia, wel, mae rhywun yn goro', 'yn tydi? Gweithio pan fydd gwaith ac wedyn trio anghofio a mwynhau pan ddaw cyfla. Be arall sy 'na i ni yn y lle 'ma?'

'Dyna o'n i'n trio'i ddeud, Greta. Dy fod ti'n cael mwy o hwyl na'r rhan fwya. Mwy na fi, mae hynny'n sicr. Dwi yma ers dros flwyddyn ac rwyt ti'n nabod mwy o bobol na fi'n barod. Ac yn cael mwy o hwyl efo nhw. Pam wyt ti'n cwyno wrtha i drwy'r amser?'

'Achos chdi ydi'r unig un dwi'n gallu ymddiried ynddi go iawn. Chdi ydi'r unig un sy'n ei gneud hi'n bosib imi stumogi'r lle 'ma.'

'Mi wyt ti'n mwynhau cwmni Sally a'r lleill hefyd, 'yn dwyt?'

'Dwyt ti ddim yn dallt. Dwi ddim yn sôn am gael hwyl a ballu. Dwi'n sôn am betha eraill rŵan.'

'Be yn union, 'ta? Dwi ar goll, braidd.'

'Dwn 'im. Fedra i'm esbonio'n iawn. Wyt ti'n mynd i orffen hynna?'

'Nacdw. Mi gei di o os wyt ti isio. Mae'n shifft i'n dechra rŵan, beth bynnag.'

'Ydi? O'n i'n meddwl bod gen ti ddeg munud go lew i fynd eto?'

* * *

Cerddodd Gwen yn araf o'r ffreutur i'r ward. Ni welodd neb yr oedd yn ei nabod yn dda, ac ni cheisiodd dynnu sgwrs â'r rhai yr oedd hi'n eu lled-nabod. Pawb â'u pennau i lawr, yn astudio'u nodiadau, yn edrych ar eu watsys, neu'n brasgamu'n benderfynol a'u llygaid ar ben pella'r coridor. Yn wahanol iddi hi, a gerddai mor araf â phosibl.

Faint o ffrindia go iawn sy gen i yma? Sally. Greta, rŵan, ers rhyw ddau neu dri mis. Roedd gen i nifer o ffrindia da 'stalwm, ond mae bron pawb wedi gadael. Jane wedi'i throsglwyddo i ysbyty arall yn ne Lloegr. Alice wedi'i symud i Ysbyty Moston yng Nghaer; er nad ydi fanno'n bell i ffwrdd, anaml iawn y cawn weld ein gilydd y dyddia hyn. Lisa wedi beichiogi, priodi a gadael. Mary wedi syrthio'n sglyfaeth i'r diciáu ac ar ward TB mewn ysbyty yn swydd Efrog ers misoedd. Ddaw hi'n ôl? Go brin. Wela i hi eto? O bosibl, ond go brin. Go brin. Ma'r rhyfel 'ma'n sgubo pobol i ffwrdd. Ddeudodd Robert ei fod o'n dod â phobol at ei gilydd, yn creu brawdoliaeth, chwaeroliaeth. Dyna beth mae'r llywodraeth eisiau i ni gredu hefyd: pawb yn dod ynghyd yn enw'r achos, yn enw gwareiddiad. Ond twyll ydi hynna: dros dro mae'r tynnu ynghyd. Chwalu fydd o yn y pen draw. Dyna'i briod waith.

Daeth at un o'r ffenestri prin a dorrai ar unffurfiaeth waliau'r coridor. Stopiodd a phwyso yn ei herbyn. Cyfnos, a hithau'n pigo bwrw. Gwyddai fod yna goed y tu draw i'r lôn;

ceisiodd eu canfod yn y tywyllwch, ond ni allai weld llawer mwy na'r dafnau glaw ar y ffenestr.

Roedd gen i nifer o ffrindia da yma 'stalwm. Mor wahanol oedd petha adeg Dolig. Y Dolig diwetha, fy Nolig cynta i yn y lle 'ma. Y Dolig cynta imi'i dreulio oddi cartra, a finna yma ar ddyletswydd nos. Er gwaetha pob dim, doedd o ddim yn gyfnod digalon. Y fi oedd yn trio'n ddi-baid i godi calonna pawb yr adeg honno. Dwyn cynfasa gwely o'r cwpwrdd a'u torri'n batryma – sêr, plu eira, coed Dolig – a'u hongian ar y waliau. Metron yn gofyn pwy wnaeth, a Sally'n ateb 'Father Christmas'. Pawb yn chwerthin yn afreolus, gan gynnwys yr hen ferch ei hun. Nifer ohonon ni'n rhannu potel o sieri yn fy stafell ar ôl i'r shifft orffen. Pawb yn diolch i mi cyn clwydo, Jane â deigryn yn ei llygad yn deud nad oedd wedi dychmygu y bydda'n mwynhau'i Dolig cyntaf oddi cartra gymaint. Sally'n 'y ngalw'n 'Miss Christmas Cheer.'

Nid y fi oedd honna. Neu, hwyrach, nid yr un un ydw i bellach. Greta a Sally sy'n gweithio'n galed i godi calonna pawb rŵan. I godi nghalon inna. Ond nid y fi. Mor ddifrifol, mor ddi-serch, mor benisel. Be ddigwyddodd? Y chwalu, dyna beth. Wedi gadael cartra a dechra cynefino â bywyd yma, wedi gneud ffrindia, ffurfio cyfeillgarwch. Y chwalu, a hynny drosodd a thro: Jane, Alice, Lisa, Mary. Doctor Williams, a fu'n edrych ar ein hola ni i gyd fatha tad, yn cael ei alw i'r maes yn yr Eidal. Clywad wedyn fod ei babell wedi'i tharo gan siel ac yntau wedi'i ladd yn y fan a'r lle. A phob tro bydda i'n dechra teimlo'n neilltuol o gyfrifol dros un o'r cleifion, yn dechra teimlo'n agos ato, mae'n cael ei symud. Neu waeth.

Pwysodd yn agosach at y ffenestr gan wasgu'i boch yn erbyn y gwydr oer.

Pryd oedd y tro diwetha i mi deimlo'n hapus? Yn wirioneddol hapus? Cofio'r *seven days leave* cynta, yn fuan ar ôl Dolig. Y cyfle cynta i fynd adra. Ffarwelio â 1941 mewn gwasanaeth yng nghapel fy nhad, ac yntau wedi penderfynu newid y drefn a chynnal gwasanaeth ganol nos. Hen blancedi trwchus wedi'u hoelio'n dynn dros y ffenestri er mwyn peidio â thorri rheol y blac-owt a chanhwyllau'n goleuo'i wyneb yn y pulpud.

'Heno, am y tro cyntaf yn y capel hwn, rydym ni'n cynnal gwylnos ar nos Galan, noson ola'r flwyddyn. Rwyf yn credu bod yr amseroedd yn galw am fesurau newydd, am ffyrdd newydd o feddwl, o addoli, o ystyried a mynegi'n perthynas â'r byd.'

Ffyrdd newydd o feddwl: dyna'r math o beth y byddai Robert yn ei ddeud. Piti na chafodd *leave* i ddod adra hefyd. Byddai wedi bod yn gyfla iddo glosio at Dad eto.

'Mae'r hen ganhwyllau 'ma wedi'u cynna fel arwydd o'n ffydd. Gadewch i ni uno yn y ffydd honno wrth i ni ffarwelio â'r hen flwyddyn. Blwyddyn arall o ryfel gawsom ni yn ystod y deuddeg mis diwethaf. Blwyddyn arall o ladd, blwyddyn arall o ddioddef, blwyddyn arall o golled. Ond rydym ni yma heno er mwyn troi'n golygon tuag at y flwyddyn newydd a gweddïo ar yr Hwn . . .'

Deffro ddydd Calan yn fy hen wely a theimlo fy mod i'n hogan fach eto. Gorwedd yno a mwynhau cyffyrddiad cyfarwydd y dillad gwely, sawru ogla cyfarwydd y stafell. Anghofio am y rhyfel am ychydig. Ond diflannodd yr anghofio braf wedi imi agor y drws a gweld fy rhieni'n ista wrth y bwrdd. A Mam wedi paratoi brecwast mawr arbennig fel y gwnâi bob dydd Calan, roedd y gadair wag wrth y bwrdd yn gneud yr holl olygfa'n chwithig. Ac felly y bu gyda phob pryd bwyd yn ystod f'ymweliad: y gadair wag yn troi'r cyfarwydd yn anghyfarwydd, y cysurus yn chwithig. Roedd Robert gyda'i gatrawd yng Ngogledd Iwerddon neu yn Winchester – ni châi rannu llawer o'r manylion hefo ni – ac nid oedd gynnon ni'r syniad lleiaf pryd y deuai adra eto.

Nid oedd y sgyrsiau o gwmpas y bwrdd mor llithrig-hwyliog ag arfer. Roedd pob sgwrs bryd bwyd wedi dilyn yr un patrwm yn ystod yr ymweliad hwnnw. Yn gynta, gofynnai Mam gwestiynau imi ynghylch fy ngwaith yn yr ysbyty, cwestiynau yr oedd wedi'u gofyn imi nifer o weithia'n barod yn ystod y dyddia blaenorol. Wedyn, gofynnai gwestiynau am y llythyrau a ysgrifenasai Robert ata i a chymharu'r atebion yn fanwl â chynnwys y llythyrau a ysgrifenasai atyn nhw, a'r cyfan, unwaith eto, wedi'i ddweud o'r blaen. Yna dechreuodd drafod y *rationing*.

'Dim ond wyth owns o siwgwr yr wythnos mae rhywun yn ei ga'l. Dyna'r un anodda, yr un na fedra i ddigymod ag o. Adag Dolig hefyd! Sut mae rhywun i fod i goginio, pobi, gneud teisen hefo wyth owns o siwgwr yr wythnos?'

Atebai Nhad y cwynion hyn ac roedd gan ei eiriau rythm y cyfarwydd, sŵn geiriau yr oedd bellach wedi hen arfer â'u hadrodd. Roedd wedi mabwysiadu cytgan o ddiolchiadau a daflai i ganol y sgwrs bob hyn a hyn er mwyn atalnodi a chymedroli'r cwyno.

'Dydi hi ddim mor ddrwg â hynny arnan ni.'

'Ond wyth owns yr wythnos!'

'Rhaid i ni gyfri ein bendithion.'

'A rhyw bwys o gig yr wythnos, dyna'r cyfan!'

'Ond 'dan ni'n ffodus. 'Mond wyth owns o gaws yr wythnos mae rhywun yn ei ga'l hefyd, ond 'dan ni ca'l mwy na digon o gaws rhwng pob dim. Mae'r rhai sy'n gneud eu caws eu hunain wedi bod hael iawn efo ni. 'Dan ni'n fwy ffodus o lawer na'r rhan fwya o bobol.'

'Pa fath o ginio dydd Sul mae rhywun yn gallu'i neud efo wyth owns o gig? Pa fath o rôst mae rhywun yn gallu'i neud efo wyth owns o gig? Rhyw dameidia yn unig mae rhywun yn eu c'al, beth bynnag.'

'Dydi hi ddim cynddrwg arnan ni. Pedair owns o facwn yr wythnos 'dan ni i fod i' ga'l, ond mae yna ddigon o bobol yn rhoi cig moch i ni hefyd.' Byddai'n troi ata i wedyn gan siarad fel pe bai'n egluro darn o'r Ysgrythur neu'n traddodi darlith i'r gymdeithas hanes leol.

'Mae'n ddiddorol, Gwen, y modd y mae rhai pethau'n dod

yn eu holau. Roedd yna ddigon o bobol yn cadw mochyn neu ddau 'stalwm, ond diflannodd yr arfer yn raddol yn ystod y degawdau diwetha, o leia yn yr ardal yma. Ond ers i'r *rationing* ddechrau, mae yna borchell i' ga'l ym mron pob gardd rŵan. Ac mae pobol wedi bod yn ffeind iawn wrthan ni.'

Ac wedyn gofynnai Mam gwestiwn yr oedd wedi'i ofyn droeon o'r blaen.

'A sut mae'r bwyd yn yr ysbyty 'na, Gwen?'

Roedd ei boch yn oer ac roedd rhyw boen pŵl yn dechrau cronni yn asgwrn ei gên. Sythodd gan godi'i llaw at ei hwyneb ac anwesu'r foch. Teimlai groen tamp, oer o dan ei bysedd, yn debyg i groen iâr newydd ei golchi ac yn barod i'w rhostio. Rhwbiodd a theimlo'r gwres yn dychwelyd. Edrychodd ar ei wats. Dechreuodd gerdded eto.

12

Deffrodd eto. Edrychodd ar y golau a lithrai o dan y llenni trwchus. Edrychodd ar y cloc ar y bwrdd yn ymyl ei gwely.

'Damia.'

Gallai fynd i gysgu'n weddol rwydd ar ôl gweithio shifft nos, ond deffrai'n gyson bob rhyw awr ar ôl hynny. Yr un oedd y patrwm bob tro. Rhyw deimlad ei bod hi'n disgyn a'i llygaid yn agor gydag ysgytwad fel pe bai wedi'i tharo. Sylwi wedyn ei bod hi'n olau dydd, a hynny er gwaetha'r llenni blac-owt. Dychryn, gan feddwl ei bod wedi cysgu'n hwyr, ac edrych ar y cloc. Rhegi, cau'i llygaid a cheisio cysgu eto. Ond ni chaeodd ei llygaid y tro hwn. Nid oedd am gysgu eto cyn didoli'r hunllef yr oedd newydd ei chael oddi wrth yr hyn a ddigwyddasai yn ystod ei shifft ddiwethaf.

Roedd confoi mawr wedi cyrraedd yn ystod y nos, a hithau ar ganol ei shifft. Gallai glywed sŵn y tu allan – y loriau ambiwlans yn cyrraedd, rymblan, trystio, drysau'n agor ac yn cau – a'r Metron yn chwythu i mewn i'r ward:

'We've got work, Ladies! Repatriated prisoners from north Africa. We can expect many cases of TB, among other things. Let's go!'

Rhedodd yn un o'r dyrfa o nyrsys a meddygon i lawr i dderbyn y clwyfedigion.

Gallai llawer o'r hogiau tenau gerdded i mewn – wyneb pob un ohonynt, fel ei lifrai, yn dangos ôl misoedd o galedi. Cludai'r gyrwyr ambiwlans eraill ar stretsieri, y plancedi gwyrddfelyn yn hanner cuddio'r milwyr a orweddai arnynt. Roedd lleisiau staff yr ysbyty, y gyrwyr a'r clwyfedigion yn gymysg:

'These boys go straight to Ward Four –'

'Take a look at this one, Doctor, I think his –'

'How long will we be here?'

'– that old wound has opened –'

'– and if it's not too much trouble, love –'

'Two more TB cases, I think, Sister –'

'– to the ward –'

'– another in queue for the –'

'– and this one, I think, has –'

'– probable TB, and –'

Fel arfer pan ddeuai confoi i mewn ni fyddai hi'n hir cyn derbyn gorchymyn penodol gan Metron neu un o'r meddygon, ond nid felly'r tro hwn. Cerddai'n araf drwy'r dorf fel un ar goll, yn arsylwi ar yr holl brysurdeb cymysg o'i chwmpas, yn teimlo y dylai hi ymroi i helpu ond yn methu penderfynu at ba un o'r clwyfedigion y dylai hi droi.

'More TB, I think –'

'– this one, Doctor –

'– take a look –'

'– straight away –'

'– get this one to –'

Crwydrodd yn ei blaen i ben y coridor ac allan trwy'r drysau. Roedd y loriau a'r ambiwlansys wedi'u parcio'n rhes hir a ymestynnai i lawr y lôn i'r tywyllwch. Ac ar y llawr rhwng y cerbydau llonydd a'r adeilad, rhes hir o fath arall: stretsieri. Rhes hir o stretsieri, eu plancedi gwyrddfelyn wedi'u tynnu dros wynebau'r cyrff a orweddai arnynt. Y rhai a fuasai farw yn ystod y daith: dwsinau ohonynt.

Cerddai Gwen yn araf ar hyd y rhes, yn oedi bob hyn a hyn i syllu ar ambell fraich nad oedd y blanced yn ei chuddio, ambell law wen lonydd yn gorwedd ar dop y blanced neu ar y lôn yn ymyl. Pam fod yna gymaint ohonyn nhw?

Cerddodd ymlaen. Ceisiai ganfod siâp ambell wyneb: trwyn hir, main; gên nobl; ychydig o wallt lliw gwellt yn ymddangos lle nad oedd y blanced wedi'i thynnu'n dynn o gwmpas pen yr ymadawedig.

Daeth i ben y rhes. Roedd planced y stretsier wedi disgyn fymryn a'r wyneb i'w weld yn glir. Daeth hi'n nes ato. Plygodd dros y corff a gweld: wyneb gwelw ei brawd, ei lygaid wedi'u cau, y mymryn lleiaf o wên wedi'i rhewi ar ei wefusau llonydd, oer.

13

'Mi ddylet ti fod yn cysgu.'

Pwysodd Greta drosti, ei cheg wedi'i dal hanner ffordd rhwng gwenu a gwgu.

'Ac mi ddylet ti fod yn gweithio ar dy ward dy hun.' Dechreuodd Gwen eistedd i fyny a phlygodd Greta i'w helpu. 'Paid â nhrin i fatha claf.'

'Ond mi *wyt* ti'n glaf.' Chwarddodd Greta ac eistedd ar y gwely. Teimlai Gwen gynhesrwydd ei chlun drwy'r cynfas.

'Rhaid imi ddeud: mae'n rhyfadd bod ar yr ochr arall am unwaith.'

Chwarddodd Greta eto wrth gydio yn ei llaw, 'Dyna o'n i'n ei feddwl! Ac mi wyt ti'n gneud claf *sâl* iawn, os ca' i fod mor hy.'

'Mi wyt ti wastad yn hy!' Chwarddodd Gwen hefyd a gwasgu llaw ei ffrind. 'Ond o ddifri 'wan, dydw i ddim yn sâl. Roedd y meddyg yn meddwl mod i wedi cael y diciáu, ond maen nhw wedi gneud y profion i gyd a dwi'n holliach.'

'Ia, wel, diolch i'r drefn. Peth cas ydi'r TB.' Sobrodd wyneb Greta. 'Ond dwyt ti ddim yn holliach, Gwen. Dwyt ti ddim yn edrych yn dda.'

''Mond wedi blino dwi. Mi fydda i'n iawn.'

'Wedi *gor*flino wyt ti. *Exhaustion*. Mae o i'w weld ar dy wyneb. 'Di'r hen shiffts nos 'ma ddim yn dda ichdi.'

'Dwi 'di gneud digon o shiffts nos o'r blaen, Greta. Dwi'n gallu gwneud yn iawn.'

'Ond dyna'r holl bwynt: dwyt ti ddim. Mae wedi deud arnat ti'r tro hwn. Os ydi'r meddygon isio ichdi aros yma'n gorweddian, wel, mi ddylet ti fwynhau'r cyfla i ddiogi chydig.'

'Mae'n gas gen i ddiogi. Beth bynnag, dwi yma ers tair noson.' Gostyngodd Gwen ei llais er mwyn sicrhau na fyddai'r merched yn y gwlâu eraill yn ei chlywed. 'A dwi'n casáu bod ar yr *ATS ward* yma.'

'Auxiliary Territorial Service,' meddai Greta mewn llais uchel, ffug-swyddogol cyn dechrau chwerthin eto, 'ond ddywedwn i mai *And Then Some* ydi ystyr go iawn ATS.'

'*And Then Some*?'

'Ia. Mae yna rai hen ferched iawn 'ma, wsti.' Oedodd, gwenodd, 'and then some real . . .' plygodd i lawr a sibrwd yng nghlust Gwen. Chwarddodd y ddwy'n afreolus.

'That's enough, ladies.' Roedd Chwaer y ward yn sefyll wrth droed gwely Gwen, ond nid oedd yr un o'r ddwy wedi sylwi arni'n cyrraedd. 'Remember that one of you is still a patient and that the other is still on duty – and in the wrong ward, if I'm not mistaken.'

'Of course, Sister.' Gwasgodd Greta law Gwen unwaith eto cyn codi. 'Beth bynnag wnei di, cofia wella'n o fuan. Mi fyddwn ni i gyd yn falch o dy gael di'n ôl ar dy draed. Cofia.'

'Diolch, Greta. Dwi'n siŵr o neud.'

* * *

Gorweddai a'i llygaid ar agor, yn astudio synau'r nos. Roedd yn wahanol i'r hyn yr arferai'i glywed ar ei ward ei hun pan fyddai hi'n gweithio shifft nos, ond ni allai ddweud beth yn union oedd y gwahaniaeth. Roedd yna besychu. Roedd yna chwyrnu hefyd. Rhaid bod ansawdd y pesychu a'r chwyrnu'n wahanol, y gwahaniaeth rhwng y merched a'r dynion. Eto, nid dyna ydoedd . . .

Meddyliai am y gwahanol wards yr oedd hi wedi gweithio arnynt ers y dechrau. Ystyriai'r gwahaniaethau rhyngddynt. Ni hoffai'r *officers' ward* gymaint: ar y cyfan, doedd y swyddogion claf ddim hanner mor glên â'r milwyr cyffredin.

Mi fyddai Robert yn wahanol i'r swyddogion eraill. Ac yntau'n sarsiant yn barod, yn *non-commissioned officer*, dywedai'i brawd ei fod o'n gobeithio cael ei ddyrchafu'n lefftenant cyn bo hir. Byddai'n edliw'r geiriau hynny iddi gan fachu ar y cyfle i ddarlithio i'w chwaer fach:

'Bratiaith ydi geiria fel sarsiant a lefftenant, Gwen.'

'Paid â mwydro, mae pawb yn siarad fel'na. Gad lonydd i ni bobol gyffredin, Proffesor Penbwl!'

'Os wyt ti'n siarad Saesneg, siarada hi'n iawn, ac os wyt ti'n siarad Cymraeg, siarada hitha'n iawn. Deuda *sergeant* os wyt ti'n siarad yr iaith fain a rhingyll os wyt ti'n siarad iaith y nefoedd. Ac is-gapten ydi'r gair cywir am lefftenant.'

'Ia, wel, penbwl ydi'r gair cywir amdanach chdi, er dy fod yn benbwl reit annwyl.'

A oedd wedi cael y sgwrs yna hefo fo? Nagoedd: mewn llythyr y dywedodd ei fod yn debygol o gael ei ddyrchafu. Mor rhwydd y gallai siarad â'i brawd yn ei phen. Gallai gofio cannoedd o bethau a ddywedasai'i mam neu'i thad o'r blaen, ac nid oedd yn anodd iddi ddychmygu beth fyddai'i rhieni'n ei ddweud mewn sefyllfa benodol, ond roedd y sgyrsiau a gâi yn ei phen â Robert yn wahanol. Roedd llais ei brawd yn fyw yn ei dychymyg hi rywsut, yn llefaru ar ei liwt ei hun heb iddi ymdrechu, heb iddi geisio'i ddychmygu.

Byddai Robert yn wahanol i'r rhan fwyaf o'r swyddogion yr oedd hi wedi tendio arnynt, y swyddogion â'u Saesneg posh a siaradai â hi fel y dychmygai y byddai uchelwr yn siarad â'i forwyn. Byddai Robert fel y cleifion eraill, y milwyr a siaradai â'r nyrsys gyda pharch, fel pe baent yn siarad â mam, chwaer neu ddarpar-gariad.

Paid, paid, paid. Paid â dychmygu Robert yn yr ysbyty. Paid â'i ddychmygu'n glaf.

Ni fynnai gofio'r hunllef: tywyllwch y cyfnos, y loriau a'r ambiwlansys yn sefyll yn dawel yn y lôn heb yr un enaid byw arall o gwmpas. Y stretsieri'n ymestyn mewn rhes hir, dawel, plancedi gwyrddfelyn yn cuddio pob wyneb. Cerdded, cerdded . . . a chyrraedd y stretsier olaf.

Paid, paid, paid. Paid â meddwl amdano fo. Meddylia am rwbath arall. Y swyddogion – roeddwn i'n meddwl am y swyddogion. Acenion posh. Trwyna main. Gorchmynion. Trin y nyrsys fatha baw. 'Trin y staff fatha staff,' meddai Greta unwaith. Ond roedd ambell un yn iawn. Fel Neil, a briododd Lisa. Sgotyn oedd o.

'Albanwr.' Clywai lais Robert eto.

'Ia, wel, Sgots mae pawb yn eu galw nhw. Gad lonydd i ni, bobol gyffredin.'

Dyna braf, pan oedd yr holl Sgots yma. Hyd yn oed rai o'r swyddogion yn glên – y rhai a siaradai fel Sgotsmyn, nid fel Saeson â thatws poeth yn eu cega. Ddeudodd Mary y byddai'n priodi un ohonyn nhw, ond Lisa ddaru lwyddo i neud hynna. A'r briodas – penwythnos cyfan yng Nghaer. Finna ymysg y rhai a gafodd *forty-eight hours' leave* y penwythnos hwnnw, a nifer ohonon ni'n penderfynu aros yn y gwesty yng Nghaer yn hytrach na theithio'n ôl i'r ysbyty i gysgu. Gwerth pob ceiniog. Alice yn ymuno â ni tua hanner nos, yn dod yn syth o'i shifft yn Ysbyty Moston, a hynny heb newid ei dillad. Y dawnsio, y canu, y mwynhau. Pawb yn yfed tipyn, a finna'n yfed mwy nag erioed o'r blaen.

'*Cyfeddach* ydi'r gair.'

'Ia, wel, *mwynhau* dwi'n galw peth felly, Proffesor Penbwl.'

Yr holl Sgotsmyn . . .

'Albanwyr.'

Y Saeson, a thipyn go lew ohonon ni'r Cymry. Pawb yn mwynhau.

'Fel deudis i, mae'r rhyfel yn dod â phobol at ei gilydd. Ac er nad da gen i gofio'r amgylchiadau hanesyddol a dynnodd Gymru'n dynn i gesail Lloegar, mae raid cyfadda bod y rhyfel 'ma wedi amlygu . . .'

'Dwi ddim isio pregeth rŵan.'

'Darlithio o'n i, nid pregethu. Fydda i byth yn pregethu.'

'Ia, wel, dwi ddim isio darlith chwaith, Proffesor Penbwl. Trafod priodas ydan ni, nid gwersi hanes. Beth bynnag, mi wyt ti'n anghywir: twyll ydi'r tynnu ynghyd, rhywbeth dros dro yn unig. Chwalu fydd y rhyfel 'ma yn y pen draw – dyna'i briod waith o.'

Roedd hi am iddo ddweud 'paid â phoeni – wnaiff o ddim chwalu'n teulu ni'. Ond ni lefarai'r llais yn ei phen y geiriau hynny. Meddyliai am y stretsieri'n ymestyn mewn rhes hir, dawel.

Paid, paid, paid. Paid â meddwl amdano fo.

Pesychodd un o'r merched yn ei chwsg. Ystyriodd y synau eto: ychydig o besychu, ychydig o chwyrnu, a'r cyfan rywsut yn wahanol iawn i synau nos ei ward ei hun pan fyddai'n gweithio shifft nos. Y griddfan: doedd neb yn griddfan yma. Er bod llawer o'r hogiau clwyfedig yn diodde'n syfrdanol o dawel, byddai amryw ohonyn nhw'n griddfan yn y nos. Roedd griddfan clwyfau rhyfel yn wahanol iawn i'r math o riddfan a ddeuai yn sgil y ffliw neu'r ddannoedd. Ac er bod un o'r genod yn rhyw fwmial yn ei chwsg, nid oedd yr un ohonyn nhw'n siarad fel y siaradai rhai o'r hogiau yn eu cwsg. Y parablu nerfus. Y tuchan staccato rhythmig, fel sŵn gwynt yn cael ei guro o sgyfaint dyn gan gyfres o ergydion ar ei frest. Y llefain, y crio am ffrind, y crio am fam. Ambell waedd uchel. Y creithiau na ellid eu gweld, y clwyfau na ellid eu gwella.

14

Deffrodd y bore wedyn, yn ddiolchgar am noson ddifreuddwyd.

'There you are, love.'

Safai'r nyrs hŷn honno yn ymyl ei gwely. Beth oedd ei henw? Nid oedd wedi gweithio efo hi erioed o'r blaen; rhaid bod hon yn gweithio ar y ward yma drwy'r amser.

'How are you feeling today?'

Plygodd a rhoi'i llaw ar dalcen Gwen. Atgoffai hi o rywun: pwy? Un o ffrindiau'i mam, mwy na thebyg.

'No fever, that's for certain. But you still don't look so good, I'm afraid.'

Cofiodd ei henw a phenderfynodd ei ddefnyddio:

'I don't feel so bad, thanks, Linda.' Gwyddai gyda hynny ei bod hi'n debyg o ran pryd a gwedd i Mrs Griffiths, ond hoffai Gwen y nyrs hon lawer mwy na chyfeilles fusneslyd ei mam. Rhyfedd, hefyd – galw dynes a oedd bron yr un oed â'i mam wrth ei henw cyntaf. Eto, er nad oedd hi'n fetron nac yn chwaer, roedd hi'n un o'r un chwaeroliaeth, yn gyd-nyrs. Ac roedd wedi rhoi sylw neilltuol i Gwen.

'At least you slept some last night, didn't you, Gwen?'

'The first half decent night's sleep in ages, I'm afraid.'

'Well that's something, then, isn't it, love? You just lie pretty there now. Breakfast in a minute, and then the doctor will be along to have a look at you.'

* * *

'Argian, Gwen!'

Roedd Greta wedi symud cadair at ochr ei gwely ac eisteddai yno â'i dwylo wedi'u plethu'n ddwrn yn ei harffed.

Cododd ei dwylo at ei cheg a siarad i mewn i'w dwrn fel pe bai'n chwythu ar drwmped:

'Mi *wyt* ti'n lwcus!'

'Dwi ddim yn galw peth felly'n lwcus, Greta.'

'Callia, wnei di? Pythefnos mewn *convalescent home*!'

'Dyna ddeudodd y doctor. Dwi'n mynd rywbryd yfory.'

'Felly paid â gwisgo'r hen wyneb tin 'na. Mi *wyt* ti'n lwcus, Gwen. Ma'r llefydd yna fatha hotels crand, yn ôl be dwi 'di'i glywed. Mi gei di amsar *first rate* yno, gei di weld.'

'Ond fydda i ddim yn nabod neb yno. Os oes rhaid imi gael confalesio, fasa'n well imi fynd adra.'

'Neno'r Tad, paid â chwyno! Mi fyddi di'n cael dy drin fel brenhines, yn cael *first rate holiday*, a'r cyfan wedi'i dalu gan *His Majesty*'r brenin a Mistar Churchill.'

'Os wyt ti'n deud.'

'I ba un maen nhw'n dy anfon di, 'lly?'

'Brogyntyn, ger Croesoswallt.'

'Ewadd annwyl, Brogyntyn *Hall*! Dwi 'di clywad am y lle 'na. Mae o fel un o'r *resorts* crand 'na mae rhywun yn darllan amdanyn nhw.'

'Paid â mwydro!'

'Mi gei di weld, Gwen – *mi* gei di weld.'

* * *

Eisteddai Gwen yn y sêt flaen. Mwynhâi deimlo dwndwr yr injan, y tonnau grymus, cysurlon a ysgydwai'i chorff yn rhythmig. Mwynhâi'r sgwrs hefyd.

'Do you see many women driving ambulances at the hospital?'

'No, actually, you're the first one I've met. Though I knew that there were plenty of you girls out there driving these days.'

'Plenty of us girls, you mean.' Gwenodd yn glên.

'Yes. Us girls.' Ni, y ni, ninnau.

'I almost feel sorry for some of the men at the depot.'

'Sorry?'

'You know – trying to adjust?'

Syllai Gwen drwy'r ffenestr ochr. Tua hanner ffordd rhwng Caer a Chroesoswallt oeddan nhw, a'r lôn yn ymrolio drwy gaeau a ymddangosai'n wastad iddi hi. Ychydig iawn o olion rhyfel a welai ar y dirwedd yn y rhan hon o'r wlad.

'There's this one sergeant . . . Sergeant Stokes . . . but we call him Sergeant Serious. You know the type – all fuss and feathers, all regulation and decorum. Has to have everything just so.' Newidiodd y gêr ac arafu ychydig wrth i'r lôn fynd yn droellog. 'But he can't quite work out what to call us.' Arafodd ychydig eto wrth i bentref bychan ddod i'r golwg. Sylwodd Gwen fod yr arwydd a ddatganai enw'r pentref wedi'i dynnu i lawr. Gwenodd iddi hi'i hun: roedd yr ymdrech hon i ddrysu'r Almaenwyr yn ei tharo'n ddoniol bob tro y meddyliai amdani. Pe bai sbïwr Almaenig yn ddigon cyfrwys i gyrraedd y rhan hon o Loegr heb gael ei ddal, byddai'n ddigon galluog i ddarllen ei fap yn iawn heb gymorth arwyddion ffyrdd. 'You see, he can't bring himself to call us ambulance drivers. It's always women ambulance drivers, or lady drivers, or something which is even more of a mouthful. Something like . . . the ladies seconded from the auxiliary for the purpose of driving.' Chwarddodd y ddwy. Gadawsant y pentref; newidiodd hi'r gêr eto, cyflymodd y cerbyd a chyflymodd y tonnau rhythmig a ysgydwai Gwen o'i thraed i'w chorun.

'Well, you see, we can say "gyrrwraig" in Welsh, which means a woman driver,' meddai Gwen. 'And that's different from "gyrrwr", which just means driver, or a man driver.' Gwyddai'n iawn mai 'dreifar' yn hytrach na 'gyrrwr' fyddai hi'n ei ddweud mewn unrhyw sgwrs Gymraeg, ond mwynhâi frolio rhinweddau'r iaith gerbron y Saeson. 'It's a beautiful language, you see. So full of potential. So easy to express different meanings.' Byddai Robert yn falch ohoni.

'How do you say that again?'

'Gyrrwraig. Gyrr-w-raig.'

'Gurrag. I'll have to try that one on old Sergeant Serious when I get back to the depot.' Chwarddodd y ddwy eto.

'You'd better be careful. He might just speak Welsh. There are a lot of us around, you know.' Ni, y ni, ninnau.

'No. Old Fuss and Feathers is from London.'

Roedd Gwen am ddweud wrthi fod yna lawer o Gymry yn Llundain hefyd, ond siaradodd eto cyn iddi gael y cyfle:

'I jumped at the chance to be an ambulance driver.'

'You did?'

'Well I certainly wasn't going to work on a farm. And factory work didn't appeal. Though I do like that song.'

'Song?'

'You know? The Gracie Fields one?' Dechreuodd ganu'n uchel mewn llais croch, 'I'm – the – girl – that – makes – the – thing – that – makes . . .' Oedodd. Ailddechreuodd, 'That – makes – the – thing – that – makes – the – thing.' Oedodd eto. 'Only the words are hard to remember.' Newidiodd y gêr wrth i'r lôn blygu mewn cornel egr, a hithau'n mwmian geiriau'r gân drwy'r adeg. 'I've got it!' Canodd eto, 'I'm – the – girl – that – makes – the – thing – that drills – the hole – that holds – the ring – that drives – the rod – that turns the knob that works the thing-ummy-bob.' Cyflymodd. Rhefrodd yr injan. Newidiodd y gêr eto. 'I'm – the – girl – that – makes – the – thing – that . . .'

15

Eisteddai Gwen wrth un o'r byrddau bychain yn y *day room* yn ysgrifennu. Sgwrsiai'r merched a eisteddai ar y setîs a'r cadeiriau breichiau mawr meddal yng nghanol yr ystafell, ond nid oedd suad eu siarad a'u chwerthin yn amharu ar Gwen. Roedd yr ystafell yn fawr, a hi oedd yr unig glaf a oedd wedi meddiannu un o'r byrddau bychain yn ymyl y ffenestri Sioraidd anferth. Plethai sŵn ei hysgrifennu – crafiadau ysgafn pensil ar bapur – â murmur y sgwrsio.

> Plasty yw Neuadd Brogyntyn. Nid wyf erioed wedi bod mewn lle mor grand erioed o'r blaen. Mae'r ystafell lle rwyf yn ysgrifennu hyn o lythyr mor fawr â'n tŷ ni i gyd. A wir i chi, Nhad – mae'r hen neuadd sydd wedi'i throi'n ffreutur yn ddigon mawr i gynnwys eich capel! Mae hanner y plas wedi'i droi'n gartref ar ein cyfer ni'r cleifion – genod o'r ATS a'r WAATS – ac mae'r teulu'n byw yn yr hanner arall.

Chwa o chwerthin, yn uwch na'r arfer. Cododd Gwen ei phen. Gwenodd un o'r lleill arni o'i nyth mewn cadair freichiau. Daliodd ei llygaid am eiliad. Gwenodd Gwen arni hithau cyn gostwng ei llygaid eto ac ailgydio yn ei hysgrifennu.

> A'r teulu – wyddoch chi beth? – teulu'r Arglwydd Harlech sy'n cysgu o dan yr unto â mi! Wir i chi! Mae un o'r genod eraill wedi siarad â'u cogyddes nhw; ddywedodd hi mai yng ngogledd Cymru yr oeddynt ar ddechrau'r rhyfel a'u bod wedi dod yma i'w

'country home' yn hytrach na dychwelyd i'w cartref yn Llundain. Roedd Robert yn iawn yn hynny o beth: mae 'pethau rhyfedd' wedi'u cyflawni oherwydd yr hen ryfel yma! Boneddigions a fyddai'n ceisio osgoi cerdded ar yr un stryd â'r werin bobol yn gorfod rhoi hanner eu plasty'n gartref i nythaid o ferchaid ifainc afreolus o bob cefndir! Mae'r genod eraill yn glên iawn ac mae'r staff . . .

Codai suad y sgwrsio'n gresiendo. Trodd yn chwa arall o chwerthin. Cododd Gwen ei phen eto. Gwenodd.

* * *

Eisteddai wrth un o'r byrddau hirion amser cinio a'r neuadd dan ei sang.

'This spot free?'

'Yes, please sit down.'

Eisteddodd merch yn y gadair wag yn ei hymyl. Roedd Gwen wedi'i gweld o'r blaen yn ystod y dyddiau diwethaf ond nid oedd wedi taro sgwrs â hi eto.

'The name's Evelyne. From Devon. Women's Auxiliary Air Force.'

'Nice to meet you. I'm Gwen. From north Wales. A nurse.'

'You shouldn't tell people here you're a nurse, Gwen! You're here to relax, remember. If you let some of these girls know you're a nurse, before long they'll have you looking at the corns on their feet. Or worse! Where were you posted?'

'Hospital near Chester.'

'Not Moston Hall? My brother was there before he was sent overseas. A doctor.'

'No, but I'm not far from there. I have been to the Moston hospital though. My friend Alice is there, you see, and I went to meet her when we both had twenty-four hours' leave the same weekend.'

'I bet that doesn't happen much! You know, one of my best

friends is a VAD posted about ten miles down the road from my base, and we've never gotten the same weekend off. Not once in over a year.'

* * *

Eisteddai ar y feranda, yn mwynhau gwres yr haul, ei llygaid wedi'u cau. Roedd rhywun wedi agor ffenestr a gosod y radio ar fwrdd yn ei hymyl. Chwaraeai'r gerddorfa walts o ryw fath. Chwythai'r gerddoriaeth o'r ffenestr ar draws y feranda, yn gymysg â chanu'r adar, murmur y siarad a ddeuai o'r *day room* a'r chwerthin a ddeuai o'r ardd.

Daeth y walts i ben. Siaradai rhywun ar y radio ond ni allai Gwen glywed yr hyn a ddywedai ac nid oedd o bwys ganddi. Dechreuodd y gerddoriaeth eto: llais cyfarwydd – Vera Lynn – yn canu 'We'll Meet Again'.

'I prefer that other one.'

Agorodd Gwen ei llygaid. Safai merch ifanc, tua deunaw oed yn ôl ei golwg, yn ei hymyl. Gwisgai lifrai glas golau o ryw fath: nid gwisg filwrol, ond rhyw fath arall o iwnifform. Er bod cap gwyn yn cuddio'r rhan fwyaf o'i gwallt, gellid gweld cudynnau duon bychain yn disgyn o gwmpas ei chlustiau ac un ar draws ei thalcen. Fel llais y gantores ar y radio, roedd llais y ferch yn gyfarwydd iddi.

'That other one by Vera Lynn.'

Na, nid y llais oedd yn gyfarwydd, ond ei hacen. Cododd Gwen o'i chadair.

'Cymraes dach chi?'

'Ia, siŵr Dduw! Chitha hefyd?!'

'Gwen.'

'Cadi ydw i. Wel, Catherine, yndê, ond mae pawb yn 'y ngalw i'n Cadi. Wel, a deud y gwir, does neb wedi ngalw i'n Cadi ers sbel chwaith. Catherine mae'r arglwydd a'r arglwyddes yn 'y ngalw i. Os ydyn nhw'n defnyddio'n enw i o gwbl.'

'Yr arglwyddes? Dach chi'n gweithio i'r teulu? Chi ydi'r gogyddes?'

'Naci. Wel, ia – dwi'n gweithio i deulu'r arglwydd, ond dim ond morwyn ydw i. Mi fyddech chi'n nabod y gogyddes pe baech chi'n ei gweld hi. Mae'n glamp o ddynes, mor hunanbwysig â brenhines Babilon.'

'Ty'd i ista am funud.'

'Fedra i ddim. Mi fydd hi wedi canu arna i os bydd rhywun wedi ngweld i'n clebran yn fan'ma. Hel dail o'n i ar gyfer y gogyddes.'

'Dail?'

Chwarddodd gan hanner cicio basged fawr a osodasai ar y feranda yn ymyl ei thraed. Roedd yn llawn hyd yr ymylon o ddail gwyrdd.

'Mae'n swnio'n ddigri, 'yn tydi? Dail ar gyfer y gogyddes. Fel pe bai'n fuwch neu'n gaseg.' Chwarddodd Gwen hefyd. Er nad oedd hi'n dilyn y sgwrs, roedd chwerthiniad y ferch ifanc yn heintus. Ciciodd y fasged eto a sbonciodd y dail gwyrdd y tu mewn iddi.

'Dant y llew. Mae'r gogyddes yn gwneud salad efo'r dail. Dach chi'n gwybod – gyda phetha mor brin oherwydd y *rationing* ac ati.'

'Wela i.'

'Ac wsti be? Sdim ots gen ti os dwi'n d'alw di'n "ti", nagoes?'

'Nagoes, siŵr. Beth oeddach chi – chdi – yn ei ddeud?'

'Dwi'n goro' casglu dalan poethion hefyd.'

'Dalan poethion? I neud gwin?'

'Naci. Mae llond y selar o win yn y plas. Rhyw hen boteli llychlyd o Ffrans a ryw lefydd felly. Naci, dwi'n goro' casglu dalan poethion i'r gogyddes gael eu berwi.'

'Eu berwi?'

'Ia. Eu berwi. Wsti be? Maen nhw'n eu byta nhw wedi'u berwi yn lle cabaits. Wir Dduw. A chwningod ydi'r rhan fwyaf o'r cig maen nhw'n ei fyta'r dyddiau 'ma hefyd. Argian, mae'n wahanol i'r ffordd roedd y Ledi'n byta erstalwm, cred di fi!' Plygodd a chodi'r fasged. 'Well imi fynd rŵan neu mi fydd hi wedi canu arna i. Braf cael sgwrs. Mi bicia i draw eto i chwilio amdanat ti pan ga' i gyfle.'

Dechreuodd gerdded i ffwrdd ond galwodd Gwen ar ei hôl hi.

'Cadi?'

Stopiodd y ferch a throi'n gyflym ar ei sawdl, un llaw'n dal y fasged fawr yn erbyn ei chlun.

'Ia?'

'Pa gân?'

'Cân?'

'Ia, pa un o ganeuon Vera Lynn oeddach chdi'n sôn amdani?'

Edrychodd Cadi tua'r ffenestr agored. Cân arall a nofiai ar draws y feranda o'r radio bellach, darn clasurol na fedrai Gwen ei enwi.

'O, ia, siŵr iawn. Mae hi'n canu'r gân 'na rownd y ril ar y weiarles. "We'll Meet Again". Ond mae'n well gen i'r llall. "It's a Lovely Day Tomorrow".'

'Wela i chdi fory, felly, gobeithio.'

'Ia wir. Hwyl 'wan.'

'Hwyl.'

Trodd Gwen yn ôl at ei chadair, ond newidiodd ei meddwl. Teimlai'n rhy effro, yn rhy egnïol i eistedd bellach. Dechreuodd gerdded ar draws y feranda.

Rhyfadd o beth, a finna wedi cael yr un sgwrs yn union efo Greta ryw fis yn ôl. Nage. Nid yn union yr un sgwrs. Trafod y ddwy gân yna gan Vera Lynn oeddan ni, ond roedd y sgwrs ei hun yn wahanol. Roedd Greta'n dweud ei bod hi'n hoffi'r ddwy gân a finna'n tynnu'n groes.

'Beth sy'n bod arnan nhw? Ma nhw'n ganeuon hwyliog braf. Digon o fywyd ynddyn nhw.'

'Twyll ydi negas y naill fel y llall.'

'Paid â mwydro!'

'Na, Greta, o ddifri. Twyll ydi petha felly. Bob gair. I be ma pobol yn gwrando ar y ffasiwn ganeuon?'

'Achos eu bod nhw'n eu mwynhau. I godi'u c'lonna.'

'Yn union. Gas gen i'r ffasiwn ganeuon, y rhai sy'n cael eu canu o hyd er mwyn codi calonna pobol. Mae'n amser rhyfel, 'yn tydi? Twyll ydi canu petha fel "We'll Meet Again".'

'Mi *wyt* ti'n mwydro rŵan, Gwen.'

'Nacdw, dwi ddim. Dwi o ddifri. Twyll ydi canu petha felly gan ein bod ni'n gwbod yn iawn *na* fydd llawar ohonon ni'n cyfarfod eto. Dyna be dwi'n trio'i ddeud. Sgwn i a oedd gwraig Doctor Williams wedi clywad y gân yna yn ystod y dyddia cyn iddi glywad fod ei gŵr wedi'i ladd yn Itali? Sgwn i a oedd hi wedi clywad Vera Lynn yn canu *we'll* blydi *meet again* ar y weiarles yn ystod y dyddia ar ôl iddi dderbyn llythyr yn deud fod siel wedi taro pabell ei gŵr a'i chwythu i ebargofiant? Ac i be mae hi'n canu "It'll be a Lovely Day Tomorrow"? I be, Greta? Fydd o ddim yn ddiwrnod hyfryd yfory. Fydd o 'mond yn ddiwrnod hyfryd fory os ydi'r rhyfel melltigedig 'ma'n gorffan fory, a 'dan ni'n dwy'n gwbod yn iawn na fydd o'n gorffan fory, felly does 'na ddim pwynt canu amdano fo, nagoes? Dydi hi ddim yn sôn am y blydi tywydd, nacdi, pan mae hi'n canu "It'll be a Lovely Day Tomorrow"? Mae hi'n canu am y rhyfel, ac mae'n dwyll i gyd. Pob blydi gair.'

'Ocê, ocê! Meddwl gormod, Gwen. Dyna dy broblem di.'

Rhaid imi ysgrifennu at Greta. Ymddiheuro. Na, fyddai hi ddim eisiau imi ymddiheuro. Ond rhaid imi ysgrifennu ati 'run fath. Byddai hi eisiau clywed yr holl fanylion am y lle yma.

Cerddai'n araf i lawr y grisiau llydan a arweiniai o'r feranda i'r ardd.

Ond rhaid imi ysgrifennu at Robert gynta. Mi fydd wrth ei fodd â hanes y lle yma hefyd.

Annwyl Robert,

Gwir y dywedaist fod 'pethau rhyfedd' yn cael eu cyflawni y dyddiau hyn oherwydd y Rhyfel. Gallaf dy sicrhau bod y boneddigion bellach yn byw ar chwyn a chwningod gwyllt. Ai dyna un o'r arwyddion fod 'Teyrnas Nef ar wawrio'? A dyma un arall o Lyfr y Datguddiad newydd: mae'r cyfoethogion yn bwyta dalan poethion wedi'u berwi . . .

16

Brap!

Cnoc ar y ffenestr, a'r hen wydr yn ratlo yn y ffrâm bren. Cododd ei phen ac edrych: dim byd yno. Y gwynt? Doedd o ddim yn swnio felly. A oedd rhywun wedi taflu carreg at y ffenestr? Edrychodd eto: dim byd. Gostyngodd ei llygaid yn araf ac edrych dros y llythyr yr oedd yn ei ysgrifennu.

Brap!

Hanner neidiodd; disgynnodd ei phensil o'i llaw. Edrychodd drwy'r ffenestr eto: dim byd. Nid oedd y ffenestri eraill yn ratlo yn y gwynt a doedd yna ddim llawer o wynt heddiw, beth bynnag. Daeth atgof o'i phlentyndod yn ôl iddi: hogiau drwg yn taflu cerrig at ffenestri'r ysgol. Craffodd ar yr ardd, ar y llwyni, ar y coed ffrwythau bychain: neb. Daeth atgof arall iddi: aderyn wedi taro'r ffenestr, a'i thad yn dweud mai gweld adlewyrchiad y coed yn y gwydr oedd wedi twyllo'r creadur bach a'i hudo i'w farwolaeth. Safodd. Ceisiodd edrych a oedd rhywbeth yn gorwedd ar y lawnt y tu allan i'r ffenestr, ond ni allai weld; roedd silff addurnedig yr hen ffenestr Sioraidd yn rhy lydan o lawer. Camodd oddi wrth y bwrdd i gyfeiriad y drws cyn ailfeddwl, troi, a chydio yn ei phapur a'i phensil.

Brasgamodd ar draws yr ystafell. Bu bron iddi faglu VAD ifanc yn cario rhaw dân a brwsh wrth iddi wthio drwy'r drws.

'Sorry!'

Brysiodd i lawr y coridor a arweiniai o'r *day room* at y drws ochr, a darluniau o gyrff adar yn ymrithio o flaen ei llygaid: aderyn y to, nico, mwyalchen, bronfraith. Cyrhaeddodd y drws a'i wthio ar agor. Llamodd dros y rhiniog a rhedeg i mewn iddo. Gollyngodd ei phapur a'i phensil.

'Gwen!'

Adnabu'i lais cyn gweld ei wyneb. Cydiodd ynddi. Trodd Gwen ei phen a gwasgu'i boch i'w fynwes. Gwasgodd Robert hi'n dynnach, â gwlân cwrs ei lifrai'n rhasglu croen ei boch.

'Mi wyddet y baswn i'n dod i edrych amdanach chdi, a chditha'n sâl?'

Llaciodd ei afael ychydig a chymerodd hithau hanner cam yn ôl er mwyn codi'i phen ac edrych ar ei wyneb.

'Robert. Fedra i ddim dechra . . .'

Cododd ei brawd ei law a sychu'r dagrau oddi ar ei bochau â'i fawd – yn ofalus, ofalus, fel mam yn sychu dagrau plentyn â hances boced.

'Ma'n ddrwg gen i, Gwen.'

'Am be?'

'Am chwara'r ffasiwn dric arnach chdi. Ond fedrwn i'm peidio – roedd yn gyfla rhy dda, a chidtha'n ista mor ddel yn ymyl y ffenest grand 'na.' Cododd hithau'i dwrn a phwnio'i frest yn ysgafn unwaith.

'Un drwg fuost ti rioed, Robert.'

'Direidus, Gwen. Nid *drwg* . . . ond *direidus*.' Camodd yntau'n ôl, plygu a chodi'r papur roedd hi wedi'u gollwng. 'Dyna chdi.'

'Diolch.'

'Dyddiadur go dena, 'yn tydi?'

'Nid dyddiadur ydi o. Llythyr. At un o'n ffrindiau yn yr ysbyty. Dwi newydd bostio un atach chdi ddoe, a dyma chdi yma! Sut gest ti hyd imi?'

'Am gwestiwn! Mi ydw i'n swyddog efo'r Reconnaissance Corps. Mae cael hyd i'r gelyn yn ail natur imi.'

'A dyna ydw i, 'te? Y gelyn?'

Cododd yntau ei ddwylo a chydio yn ei phen, ei godi fymryn er mwyn syllu i fyw ei llygaid.

'Naci, Gwen. Os nad wyt ti ar f'ochr i, dwn i ddim pwy yn y byd mawr 'ma sydd . . .'

Taflodd ei breichiau amdano a'i dynnu'n dynn ati eto, yn mwynhau teimlo'r gwlân cwrs yn rhasglu'i bochau gwlyb. Swyddog? Cofiodd a chamodd yn ôl eto. Craffodd ar ei lifrai.

'Dyma'r munud cynta imi sylwi, Robert!' Cododd ei llaw mewn salíwt.

'Ecsiws *mi*, syr. Lefftenant!' Gadawodd i'w braich ddisgyn eto. 'Neu hwyrach mai *is-gapten* ddylwn i ddweud.'

'Argian, Gwen, mae dy Gymraeg di wedi gwella'n arw ers iti ddod i Loegar!'

'Digon o hynna 'wan, Lefftenant. Ty'd i ista.'

17

'Wyddwn i ddim y byddwn i'n teithio mewn cymaint o steil,' meddai Gwen yn chwareus wrth i'w brawd ei helpu i mewn i'r jîp. Nid oedd angen cymorth arni, ond roedd o wedi mynnu cydio yn ei braich wrth iddi gamu i mewn i'r cerbyd. Cyn pen dim roedd o wedi llithro i sêt y gyrrwr. Trodd ati a siarad mewn llais ffug, yn cogio'i fod yn *chauffeur.*

'Ac i ble yr hoffech chi fynd, Fadam?'

'I'r gwesty crandia yng Nghroesoswallt, os gwelwch yn dda.'

Cychwynnodd yr injan.

Cawsai ganiatâd i fynd allan am ddiwrnod yn dilyn ymweliad annisgwyl Robert ddoe. Ar ôl clywed ei fod yn rhydd am 48 awr ac felly'n gallu treulio'r diwrnod trannoeth hefo hi, aethai Gwen yn syth at y Metron a'i darbwyllo. 'All right then. It is your brother, and he is a serving officer. If you promise not to do anything too strenuous.'

Ac felly roedd Robert wedi mynnu gafael yn ei braich bob cam o ddrws Cartref Brogyntyn i'w jîp a cherdded yn or-araf ac yn or-ofalus. Ond gwnâi hynny a gwên slei ar ei wyneb, fel plentyn yn chwarae gêm yn hytrach na dyn yn ei oed a'i amser yn cadw addewid a wnaed i'r Metron.

* * *

'Rhaid i ni gymryd y ffordd gwmpasog i'r dre.' Gwaeddai Robert gan nad oedd to ar y jîp, a'r injan yn rhuo'n uchel. 'Mae yna gonfoi o ryw fath wedi mynd yn sownd ar y brif lôn. Dyna pam o'n i fymryn yn hwyr.'

'Dwi'n gwbod. Ddeudist ti hynna'n barod!' gwaeddodd

hithau'n ôl ar ei brawd, un llaw yn dal ei het ar ei phen. 'Mae'n rhyfadd dy weld di'n gyrru un o'r rhain.'

'Be?'

'Ddeudis i,' gwaeddodd yn uwch, 'ei bod hi'n rhyfadd dy weld di'n gyrru jîp.'

'Pam?'

'Dwn 'im.' Oedodd, meddyliodd. 'Dwi 'di arfar gweld cymint o'r rhain.'

'Cymint o'r rhain?'

'Ia. Cymint ohonyn nhw'n cael eu gyrru o gwmpas.'

'Ia?'

'Ac wedyn dyma chdi.'

'Y fi?'

'Ia, y chdi. Dwi'n dy nabod di'n well na neb.'

'Be?'

'Dwi'n dy nabod di mor dda.'

'Wrth reswm.'

'Wrth reswm. Mi wyt ti mor gyfarwydd. Ond nid fel hyn.'

'Fel hyn?'

'Nid fel hyn. Dwi rioed wedi dy weld di'n gyrru un o'r rhain o'r blaen.' Teimlai'i llais yn troi'n gryg, yn rhasglo yn ei gwddf, ond daliai i weiddi. 'Peth cyfarwydd ydi gweld dyn mewn iwnifform yn gyrru un o'r rhain. Ac . . . wedyn . . . mi wyt ti mor gyfarwydd i mi. Ond y ddau . . . yn dod . . . ynghyd . . . sy'n rhyfedd. Gweld dau beth cyfarwydd efo'i gilydd am y tro cynta.' Ni ddywedodd Robert ddim, ond roedd hanner gwên yn chwarae ar ei wyneb. Daliai hithau i weiddi. 'Wyt ti'n dallt? Mae dod â dau beth cyfarwydd ynghyd yn gallu creu rwbath rhyfadd.'

'Anghyfarwydd.'

'Ia. Anghyfarwydd. Dyna sy'n rhyfadd.'

'Ew, Gwen.' Tynnodd ei lygaid oddi ar y lôn am eiliad er mwyn saethu edrychiad direidus tuag ati. 'Mi wyt ti wedi mynd yn dipyn o athronydd.'

'A be sy'n bod efo hynna? Nid y chdi ydi'r unig un sy'n *meddwl* yn y teulu, wsti.'

'Wn i. 'Mond pryfocio o'n i.'

'Yn union. Fel y byddi di.'

* * *

Bu'n rhaid i Robert stopio: cerddai rhes hir o filwyr ar draws y lôn, pob un yn dal dryll â bidog arno.

'Home Guard,' meddai, yn diffodd yr injan. 'Ac mae yna dipyn ohonyn nhw. Mi fyddan ni yma am sbelan. Fiw imi wastraffu petrol.' Craffodd Gwen ar wynebau'r milwyr a gerddai heibio – dynion hŷn oedd llawer ohonynt. Sylwodd hefyd fod gwain ar bob bidog; er eu bod wedi'u gosod ar flaenau'r drylliau, edrychent fel bysedd gwyrddfelyn hirion, nid fel llafnau miniog.

'Rhyfadd, hynna.'

'Dwi'n gwbod. Ddylsan nhw fod yn rhedag, nid cerddad fel'na.'

'Naci, Robert, nid dyna o'n i'n ei feddwl. Sbia ar eu *bayonets.*'

'Be sy'n bod hefo nhw?'

'Maen nhw wedi'u tynnu allan, ond eto dydan nhw ddim. Wedi'u gosod yn barod i gwffio, yn barod i ladd rhywun, ond eto dydan nhw ddim. Maen nhw'n bŵl. Yn saff. Os wyt ti isio trafod ffilosoffi, dyna rwbath i chdi gnoi cil arno.'

'Wel, ymarfer maen nhw, wrth gwrs.'

'Ia, ond mae'n *edrych* yn od, 'yn tydi? Mae'n *ddarlun* od.'

'Dwn 'im. Mae'n darlunio'r Home Guard i'r dim. Sbia arnyn nhw.'

'Paid â bod mor gas!' Pwniodd ei ysgwydd yn ddigon caled i wneud iddo symud hanner modfedd yn ei sêt.

'Argian, Gwen!' Chwarddodd.

'Olréit, 'ta. Os nad wyt ti'n ddigon call i drafod petha dwys heddiw, ga' i ofyn oes gen ti gariad?'

'Cei. Mi gei di ofyn.' Pwniodd hi ei ysgwydd eto.

'Olréit, y penbwl. Oes *gen* ti gariad?'

'Nagoes.'

'Nagoes?'

'Nagoes. Wir Dduw.'

'Dwi'n synnu.'

'Wyt ti?' Difrifolodd. Cododd ei ddwylo a'u pwyso ar dop yr olwyn segur. 'Does genna i ddim llawar o amsar i betha felly. Ychydig iawn o *leave* mae rhywun fatha fi'n ei gael y dyddiau hyn.' Trodd ati. 'Wsti be? Dyma'r *forty-eight hours' leave* cynta imi'i gael ers hydoedd.'

'Ia . . . ond . . . duwcs. Mae pobol yn llwyddo i neud rywsut. Be ydi'r ymadrodd? *Be inventive.* Maen nhw'n ffeindio ffyrdd o gynnal carwriaeth o dan yr amgylchiada mwya rhyfeddol. Ddylet ti weld beth sy'n digwydd yn ysbyty weithia.'

'Ia wir?' Roedd tinc chwaraeus yn ei lais eto. 'Wyt ti wedi ffeindio ffordd o gynnal carwriaeth, felly?'

'Nacdw. A 'dan ni ddim yn sôn amdana i 'wan. O ddifri, Robert: dwyt ti ddim wedi cael hyd i neb yn ystod y flwyddyn ddiwetha?'

'A bod yn onast, o'n i 'di gobeithio cael hyd i babyddes fach dlws tra oeddan ni yng Ngogledd Iwerddon. Wsti, i godi gwrychyn Dad.'

'Paid â mwydro. Dydi Dad ddim fel'na. Mae o'n reit . . . be ydi'r gair . . . eangfrydig.'

'Wyt ti'n meddwl? Wyt ti wedi sbio ar yr hen gylchgronau enwadol 'na mae o'n eu darllan yn ei stydi o hyd? Maen nhw'n llawn ysgrifau gwrth-babyddol. Y pethau mwya mileinig.'

'Ond dydi Dad ddim fel'na, Robert. Go brin ei fod o'n cytuno hefo'r petha yna. Darllen y traethoda erill y mae o. Diwinyddiaeth.'

'Gwrth-babyddiaeth, gwrth-Iddewiaeth, gwrth-Anglicaniaeth, a gwrth-bron-bopeth-arall. Dyna ydi hanfod llawar iawn o'r hen ddiwinyddiaeth ymneilltuol, wsti. Dydi hi ddim yn hollol annhebyg i'r propaganda yr oedd y Natsïaid yn ei gyhoeddi cyn y rhyfel.'

'Robert! Am beth *ffiaidd* i' ddeud! Mi wyt ti'n *gwbod* nad ydi hynna'n wir.'

'Na, Gwen, o ddifri. Ond paid â chamgymryd. Dwi ddim yn cymharu'r ddau beth. Dwi ddim yn deud bod y capel yn debyg i'r Natsïaid.'

'Wel diolch i'r drefn am hynny!' Nid oedd wedi defnyddio'r llais hwnnw gyda'i brawd ers peth amser. 'Ond mi ddeudist ti –'

'Mi ddeudis i –'

'Mi ddeudist ti fod llawer o'r ddiwinyddiaeth yn debyg i bropaganda'r Natsïaid.'

'Naddo, mi ddeudis i –'

'Do, mi ddeudist ti eu bod nhw'n debyg. Neu nid yn annhebyg.'

'Olréit, olréit. Mae'n ddrwg gen i. Be o'n i'n ceisio'i ddeud cyn i chdi dorri ar fy nhraws oedd bod yna debygrwydd . . . nid o ran hanfod y ddau beth, ond o ran y math o rethreg maen nhw'n ei ddefnyddio wrth ladd ar betha sy'n atgas iddyn nhw. A doeddwn i ddim yn cymharu'r capel efo'r Natsïaid, 'mond yn deud bod rhai o'r petha oedd yn cael eu cyhoeddi ar y Cyfandir ryw bum, chwe mlynedd yn ôl yn debyg.'

'Mi fasa'n rheitiach ichdi'i gadael hi yn fan'na a syrthio ar dy fai.'

'Ddeudis i 'i bod hi'n ddrwg gen i, yn'do?' Edrychodd ar wyneb ei chwaer, a oedd yn ymdrechu'n galed i beidio â gwenu. 'Iawn, iawn, iawn. Olréit. Dwi'n syrthio ar fy mai. Ma'n ddrwg gen i. Ma gen i duedd i or-ddweud weithia.'

'Weithia?' Pwniodd ei ysgwydd eto. 'Dwi ddim yn cael curo 'mrawd mawr mewn dadl yn amal y dyddiau hyn.'

Taflodd ei fraich amdani a'i thynnu ato er mwyn ei chosi â'i law arall, fel rhiant yn chwarae â phlentyn.

'Yn amal? Dwyt ti *byth* yn curo dy frawd mawr mewn dadl.'

Rhyddhaodd ei hun o'i afael, plethu'i breichiau a chogio gwgu arno. Taflodd yntau ei ddwylo i'r awyr – arwydd un yn ildio. 'Olréit, dwyt ti *bron* byth yn curo dy frawd mawr mewn dadl. Sbia: mae'r hen hogia bron 'di gorffan croesi.' Taniodd Robert yr injan wrth i'r olaf o'r Home Guard gerdded heibio, bidog weiniog yn ymestyn fel bys melynwyrdd hir ar ben ei ddryll.

18

Lliain bwrdd gwyn, tri rhosyn coch mewn ffiol wydr hirgoes, a'r ddau'n bwyta terîn eog oddi ar blatiau tsieina. Cyffyrddodd y pianydd yn y gornel ei allweddau'n ysgafn ac arnofiai'r alaw ar draws yr ystafell, y nodau'n plethu â chliciadau tawel y cyllyll a'r ffyrc arian ar y llestri.

'Dim ond cogio o'n i – cymryd arna i – pan ddeudis i mod i isio i chdi fynd â fi i westy crandia Croesoswallt.' Cododd Robert ei wydr a'i ddal yn uchel mewn ystum llwncdestun. Gwenodd, yfodd ychydig o'r gwin gwyn, ac yna'i osod yn ôl ar y bwrdd. 'O ddifri, Robert. Bydd y cinio 'ma'n costio ffortiwn iti.'

'Gwerth pob ceiniog hefyd.' Ailgydiodd yn ei gyllell a'i fforc. 'Beth bynnag – ar be dwi'n mynd i wario nghyflog os nad ar fy hoff chwaer?'

'Dy *unig* chwaer, ti'n meddwl.'

Rhoddodd ei gyllell ar ei blât, estyn ei law a chydio yn ei llaw hi.

'Fy *unig* chwaer. Sy'n drysor i mi.'

Cochodd Gwen. Sylwodd yntau ar ei hembaras a newid cywair y sgwrs.

'Wel, mae'n well na byta Spam, 'yn tydi?'

'Ma hynny'n wir!' Chwarddodd y ddau.

'Am faint dach chi'n aros yn yr ardal?'

'Dwn i ddim.' Edrychodd o gwmpas yr ystafell cyn siarad eto. 'Ma'n well i ni beidio â thrafod symudiadau'r gatrawd rŵan.' Amneidiodd ar y weinyddes a gerddai heibio. 'Mi ddeuda i'r cyfan wrthach chdi'n nes ymlaen, heb gymaint o bobol o gwmpas. Rwyt ti wedi gweld y posteri: *keep mum, she's not so dumb.*'

'O ddifri calon, Robert! Dwyt ti ddim yn meddwl bod yr hogan ifanc 'na'n *spy* dros yr Almaen?' Mwynhaodd y pryfocio. 'Neu'r pianydd, o bosibl? Beth bynnag, hyd yn oed tasa Hitler ei hun yn cuddio o dan y bwrdd 'ma, fasa fo ddim yn dallt Cymraeg.'

'Mi fasa'n dallt geiria fel *regiment, battle group* a *manoeuvres.*'

'Ond dwyt ti ddim yn deud *regiment*. Catrawd fyddi di'n ei ddeud.' Cododd ei llais ac arddel goslef ffug-swyddogol. 'Catrawd, tân-belennu, rhingyll, is-gapten.' Gwelodd fymryn o wên ar wyneb ei brawd a phenderfynodd barhau: 'Meirchfilwyr mecanyddol. Rhagchwilwyr.' Chwarddodd, 'Argian fawr, Robert! Mi gâi'r rhan fwya o'r Cymry dwi'n eu nabod draffath yn dy ddallt di, heb sôn am Almaenwyr!' Chwarddodd yntau.

Tawelwch am ychydig – y ddau'n bwyta, yn yfed, ac yn gwrando ar y piano.

'Robert?'

'Ia?'

'Pam wyt ti'n mynnu gweld bai ar Dad o hyd?'

Cododd ei wydr a llyncu gweddill ei win. Daliodd ef ar ogwydd, gan syllu ar y golau a droellai drwy'r grisial.

'Dwi ddim isio gweld bai arno fo, Gwen.'

'Dwyt ti byth yn sôn amdano fo yn dy lythyra. A dwyt ti ddim wedi sôn rhyw lawar amdano heddiw chwaith, ond mae popeth yr wyt ti *wedi*'i ddeud amdano fo wedi bod yn . . . wel . . . yn feirniadol. Yn gweld bai lle nad oes 'na ddim bai.'

''Dan ni ddim yn cytuno ar lawar o ddim byd y dyddia hyn, dyna'r cwbwl.'

'Ydan nhw'n gwbod am dy ddyrchafiad di?'

'Dwi ddim 'di cael cyfla i sgwennu eto.'

'Mi ddylet ti, Robert. Mi fydden nhw'n falch. Mam, wrth reswm, ond Dad hefyd. Wsti be?'

'Be?'

'Y tro diwetha es i adra ar *leave*, ddeudodd o y dylsen nhw dy godi di'n swyddog. Ddeudodd o na ddylai dyn hefo dy allu a dy addysg di aros yn *non-commissioned officer* yn unig. Ac mi ddeudodd y bydda unrhyw un â digon o grebwyll i adnabod rhuddin mewn dyn yn dy godi di'n gapten. Dyna'i union eiriau – dy godi di'n *gapten*. Ond dwi'n credu y bydda fo'n ddigon balch o glywad dy fod yn *is*-gapten rŵan.'

Daeth y weinyddes i gasglu'r platiau gwag. Gwenodd Robert arni,

'Thank you, that was very nice.'

'Are you ready for your main course?'

'Yes, please, I think we are.' Ailgydiodd Gwen yn y sgwrs ar ôl i'r weinyddes gamu oddi wrth y bwrdd.

'Wir, Robert. Dyna ddeudodd o. Roedd o *isio* i chdi gael dy ddyrchafu.'

'Fedra i mo'i ddychmygu o'n deud hynna.'

'Pam, Robert? Mae o mor falch ohonach chdi.'

'Nacdi, Gwen. Dwyt ti ddim yn ei nabod o fel dwi'n ei nabod o.'

'Ia, wel, dwyt titha ddim yn ei nabod o fel dw inna'n ei nabod o chwaith.'

'Doedd o ddim am i mi ymrestru yn y fyddin yn y lle cynta. Mae'n gas gynno fo'r holl beth. Mi ddeudodd o hynny'r llynadd, yndo? Deud bod y fyddin yn groes i bopeth mae'n credu ynddo fo.'

'Y llynadd oedd hynna. Mae wedi dygymod â'r syniad erbyn hyn.'

'Y syniad o ladd? Ffiars o beryg! Gwen, mi ddylet ti fod wedi clywad y sgwrs yna. Mi ddylet ti fod wedi clywad be ddeudodd o wrtha i ar y pryd. Wsti be? Mi ofynnodd imi ddeud fy adnod, fel taswn i'n blentyn bach yn sefyll o'i flaen o yn ei gapel. "Gogoniant yn y goruchaf i Dduw, ac ar y ddaear tangnefedd, i ddynion o ewyllys da." Ac wedyn mi roddodd glamp o bregeth i mi ar destun y geiriau yna – "ac ar y ddaear tangnefedd". Wir Dduw, Gwen. Fel taswn i'n blentyn bach.'

'Ond Robert . . . mi wyt ti wastad wedi'i barchu o am ei heddychiaeth. Ac roedd yna adag pan oeddach ditha'n falch o d'alw dy hun yn heddychwr hefyd. Dwyt ti ddim mor wahanol iddo fo, wsti ti. A deud y gwir, mi fydda i'n meddwl yn amal eich bod chi'ch dau'n debycach o lawar na . . .'

''Dan ni ddim byd tebyg rŵan. Mae'r byd wedi newid, mae'r amseroedd wedi newid.'

'Here we are.' Roedd y weinyddes yno, yn gosod platiau o'u blaenau yn orlawn o gig eidion wedi'i rostio, llysiau a grefi.'

'Thank you very much indeed,' meddai Gwen yn siriol. 'You don't see food like this much these days.'

'I hope you enjoy it, Madam. Sir.' Gwenodd Robert arni ond gwyddai Gwen ei fod yn ddiamynedd, yn disgwyl iddi fynd iddo gael parhau â'r sgwrs. Gwenodd y weinyddes arno yntau ac wedyn trodd a cherdded i ffwrdd. Bachodd Gwen ar y cyfle.

'Mae'n edrych yn hyfryd, Robert. Dwi ddim yn gwbod ble maen nhw'n cael y bwyd 'ma'r dyddia hyn. A deud y gwir, dwi ddim yn gwbod sut wyt ti wedi cael hyd i'r lle 'ma, ond dyna fo – mae'r Reconnaissance Corps wedi dy hyfforddi'n dda.'

'Paid â newid y pwnc, Gwen. Deud o'n i fod y byd wedi newid. Mae'r amseroedd yn galw am ffyrdd newydd o feddwl . . . am fesurau newydd. Daeth yn bryd i ni ailfeddwl am bopeth. *Popeth*, Gwen. Ein perthynas â'r byd . . . beth yw bod yn gyd-ddyn . . . crefydd . . . moesoldeb . . . popeth. Dwi'n dallt hynna ond dydi *o* ddim.' Cododd ei gyllell a'i fforc a dechrau bwyta.

'Ond mae dau ddyn yn gallu anghytuno heb ffraeo'n gas.

Mi ddylia fod yn bosib i dad a mab anghytuno heb i betha fynd mor . . .'

'Ddechreuodd o cyn y rhyfel, Gwen. Flynyddoedd yn ôl. Mi wyddost ti hynny. Ers i mi ddeud nad oeddwn i am fynd yn weinidog ar ôl bod yn y coleg.'

'Ond mi ddaeth o i dderbyn hynna yn y diwadd.'

'Ond nid y ffaith nad oeddwn i . . . be oedd ei eiria fo? . . . "wedi dod o hyd i'm priod le yn y byd".'

'Mi oedd Mam yn poeni hefyd, Robert, a chditha'n methu setlo. Mynd yn athro, gadael, gweithio yn y llyfrgell, gadael hynna hefyd. Dechra sôn am ragor o goleg.'

'Ond daeth y rhyfel cyn hynna. Ac mi arhosais cyn ymrestru. A finna isio ymrestru'n syth, aros wnes i. O barch ato fo. O barch ato *fo*, Gwen. Ond daeth y rhyfel cyn hynna.'

'Do, daeth y rhyfel. Ddeudist ti mai un peth da amdano fo oedd bod y rhyfel yn dod â phobol ynghyd. Ond 'nath o ddim byd i'r rhwyg rhyngoch chi.'

Ni ddywedodd Robert ddim. Trodd ei ben i gyfeiriad y piano fel pe bai'n ceisio adnabod yr alaw a arnofiai i'w cyfeiriad ar draws yr ystafell.

'Robert?'

'Ia?'

'Roedd Dad yn gobeithio y bydda'n bosib iti ddod adra ar gyfar y gwasanaeth coffa.'

Ni ddywedodd air. Cododd ei wydr eto ac astudio'r golau a lifai drwy'r grisial.

'Er mwyn Huw. Er mwyn yr holl hogia o'r ardal. Collwyd pymtheg ohonyn nhw ar y llong yna, wsti.'

'Dwi'n gwbod, Gwen.'

'Roedd mam Huw'n gobeithio y caet ti ddŵad, yn gobeithio y byddet ti'n deud gair yn y gwasanaeth.'

'Fedrwn i ddim cael 'y nhraed yn rhydd. Dydi *leave* ddim yn beth hawdd i ni'i gael. Mi sgwennais i at ei fam o. Dwi wedi sgwennu ati nifer o weithiau ers hynny hefyd, a deud y gwir. Unig blentyn oedd o, wsti . . . Huw.'

'Dwi'n gwbod, Robert. Dwi'n gwbod.'

'Is everything to your liking?' Y weinyddes eto. Cochodd Robert.

'I'm afraid we haven't really tried it yet . . . talking too much, you see . . . but it looks very nice, thank you.'

19

Roedd Gwen yn ymladd am ei gwynt erbyn iddynt gyrraedd ael y bryn. Trodd ei brawd ac estyn ei law iddi.

'Wyt ti'n iawn?'

'Yndw.' Camodd ato a sefyll yn ei ymyl, yn anadlu'n ddwfn. ''Mond bod yr allt . . . braidd yn serth . . . ar ôl cinio mor fawr.'

'Wyt ti isio ista am ychydig?'

'Nacdw. Dwi'n iawn 'wan. Dwi'n cerddad milltiroedd . . . bob dydd . . . yn yr ysbyty. 'Mond bod y cinio mor fawr . . . a chditha'n cerddad mor gyflym.'

Edychai o gwmpas wrth iddi geisio adennill ei gwynt. Safai'r bryn yng nghanol caeau ag ambell ynys fechan o goed rhyngddynt. Wrth syllu i'r de gallai weld rhai adeiladau ar gyrion Croesoswallt. Roedd pen y bryn yn wastad, fel bwrdd.

'Be ydi hwn? Rhyw fath o hen gastall?'

'Caer.' Roedd Robert yn cerdded yn araf i gyfeiriad beth fuasai'n ganol yr hen gaer. 'Bryngaer . . . o'r oes haearn, ddywedwn i.' Camodd hithau'n gyflym at ei ochr.

'Dwi'n dal i ddisgwyl clywad ychydig o dy hanas, Robert.' Cerddai'r ddau'n hamddenol, ochr yn ochr, eu breichiau bron yn cyffwrdd. 'Ges i sioc 'y mywyd ddoe pan welis i chdi, wsti. Yr unig beth o'n i wedi'i glywad oedd dy fod di wedi mynd i Winchester.'

'Dim ond am ychydig ar y dechra.'

'Dwi rioed 'di dallt dy symudiada di ers iti enlistio.'

'Dyna'r holl bwynt: 'dan ni yn y Recce Corps yn symud mewn ffyrdd dirgel. Fatha Duw.'

'Paid â chablu.' Rhoes hergwd bach iddo â'i hysgwydd. 'Ond o ddifri, Robert – o'n i'n meddwl eich bod chi i gyd yn Winchester am gyfnod.'

'Doeddan ni i gyd ddim yn Winchester. Dim ond y swyddogion a'r NCOs, a dim ond am gyfnod. Yng Ngogledd Iwerddon oeddan ni ar y dechrau, hynny yw ar ôl i'r gatrawd gael ei ffurfio allan o'r hen *anti-tank companies*.'

'Ble mae dy Gymraeg crand di rŵan?' Rhoes hergwd bach arall iddo. 'Be ydi *anti-tank companies* yn iaith y nefoedd?'

'Gad i mi orffan. Ymunis i â'r gatrawd yn fuan ar ôl iddi gael ei ffurfio. Yng Ngogledd Iwerddon.'

'Lle rhyfadd i'r Welsh Reconnaissance Regiment.'

'Y 53rd Welsh Reconnaissance Regiment. Neu, a bod yn gywir, y 53rd Reconnaissance Regiment, Welsh.'

'Be bynnag. Lle rhyfadd i ryw *regiment Welsh*.'

'Gwarchod oeddan ni. *Internal security.* A chyn ichdi ofyn, diogelwch mewnol ydi hynna yn iaith y nefoedd.'

'Felly pryd est ti i Winchester?'

'Ar ôl i mi gael fy ngneud yn NCO. Ges i'n symud i'r ganolfan hyfforddi newydd ar gyfer y Reconnaissance Corps. Y rhagchwilwyr.'

'Yn Winchester oedd hynna?'

'Ia, Winchester.'

'Ac wedyn yma?'

'Naci. Yn ôl i Ogledd Iwerddon am ychydig. Wedyn, pan gafodd y gatrawd ei symud yma i'r Gororau, ges i fy mhostio i'r ganolfan hyfforddi newydd.'

'Yn ôl i Wincheser?'

'Naci, roedd un newydd sbon danlli wedi'i hagor yn y cyfamsar. I fyny yn ne'r Alban. Yn ymyl lle o'r enw Annan. Ysgol hyfforddi dactegol ar gyfer y swyddogion a'r NCOs. Cofia beidio sôn am hyn yn dy lythyra, a phaid â deud . . .'

'Wrth neb. Dwi'n gwbod. *Top secret*. Paid â phoeni – *she'll keep mum, she's not so dumb*.'

'Beth bynnag, es i wedyn i'r ysgol hyfforddi newydd am

gyfnod i ddysgu pob math o betha, ac wedyn ailymuno â'r gatrawd yma ar y Gororau.'

'Felly, be oeddach chi'n astudio yn yr ysgol hyfforddi? Eitha gwahanol i goleg, 'swn i feddwl.'

'Ti'm isio gwbod.'

'Pam? Dwi isio gwbod.'

'Mi fyddet ti'n ei gael o'n ddiflas.'

'Pam?'

'Yr holl fanylion.'

'Ty'd 'laen. Dwi isio gwbod. Dwi isio cael gwell syniad be wyt ti wedi bod yn ei neud yr holl amsar 'ma.'

'Iawn, 'ta. Wel, yn ogystal â'r holl betha cyffredin mae swyddogion ac NCOs eraill y fyddin yn eu dysgu, a'r holl amsar yn mynd drwy'r *tewts* . . .'

'Tiwts?'

'*Tactical Exercises Without Troops*.'

'A finna'n meddwl mai gair Cymraeg oedd o. Mae'n swnio'n Gymraeg, 'yn tydi? Tiwtiwch chi, mi diwtia i, mi diwtia inna.'

'Ddeudis i na fasach chdi'm isio gwbod.' Rhoes yntau hergwd bychan iddi hithau, a baglodd Gwen ychydig. Estynnodd ei law a gafael yn ei braich.

'Na, dwi *isio* gwbod. Be arall oeddach chi'n ei ddysgu ar wahân i diwtio?'

'Petha eraill fydda'n ddiflas i ti. *The tactical deployment of reconnaissance squadrons*. Yr holl dermau, yr holl iaith swyddogol.'

'Rho enghraifft imi.'

'Y lliwiau, er enghraifft.'

'Lliwiau?'

'Ia, y lliwau: *green, amber, red*. 'Dan ni'n deud ein bod ni'n symud mewn gwyrdd os nad oes yna elynion yn agos, a symud mewn coch os oes yna sicrwydd bod yna elynion yn yr ardal.'

'Ac mae *amber* rywle yn y canol?'

'Yn union.'

'Be arall, 'ta?'

'Llawar o betha. Gormod i'w cofio, a deud y gwir. Llawar am ddarllan mapiau, am y tywydd. A llawar am beiriannau o bob math . . . gwahanol fathau o weiarlesi . . . gwahanol gerbydau. A llawar iawn am ymladd.'

'On i'n meddwl na fyddech chi'n gwneud cymaint o gwffio, mai gwylio a sbio fyddai'r rhan fwya o'ch dyletswydda chi?'

'Y ni fydd yn symud i mewn yn gynta, ti'n gweld. Mi fyddwn ni'n gwylio, yn chwilio am y gelyn, ond mae hynny'n golygu mai ni fydd yn dod ar draws y gelyn gynta gan amla hefyd. Ac felly mi fydd yn rhaid i ni neud cryn dipyn o gwffio. Ac weithia mi fydd yn rhaid i ni warchod pen y llinell pan fydd y brif fyddin yn symud mewn tir agored. *Screening actions* a ballu. Rhagor o betha diflas na fydda gen ti affliw o ddiddordab ynddyn nhw.'

'*Mae* genna i ddiddordab. Ond dwi ddim yn leicio meddwl amdanach chdi'n cwffio.'

'Paid â meddwl amdano fo, 'ta.'

'Robert . . . o ddifri.'

Wedi iddynt gyrraedd y canol, cerddodd y ddau ymlaen i gyfeiriad ymyl pella'r bryngaer. Neidiodd ei brawd gam o'i blaen a hanner troi tuag ati er mwyn dal ei llygaid. Parhâi i gerdded wysg ei gefn am ychydig, yn edrych arni wrth siarad.

'Gwranda ar hyn, Gwen. Mi fydd gen ti ddiddordab yn y stori yma.'

'Dwi'n gwrando.'

'Iawn, 'ta.' Camodd yn ôl at ei hochr. 'Erbyn i ni gael ein symud o Ogledd Iwerddon, roedd enw'r uned wedi'i newid yn swyddogol. O *reconnaissance battalion* i *reconnaissance regiment*, i gatrawd, ac . . .'

Chwarddodd hithau.

'Be sy mor ddoniol?'

'Mi wyt ti'n anghywir.' Daliodd Gwen i chwerthin.

'Anghywir?'

'Ia, anghywir. Does genna i ddim llawar o ddiddordeb yn y gwahaniaeth rhwng *battalion* a *regiment*.'

'Na, aros di. Ac wedyn, tua'r un pryd, roedd yna lawer o ddadlau ynghylch yr arwyddair.'

'Arwyddair?'

'Ia. Roedd yna deimlad y dylen ni gael arwyddair . . . *motto* . . . ar gyfer y gatrawd newydd, ar gyfer y Fifty-third Reconnaissance Regiment, Welsh.'

'Pam deud *regiment Welsh* beth bynnag? Bydda *Welsh regiment* yn swnio'n well.'

'Dwyt ti'm isio gwbod. Paid â thorri ar fy nhraws. Felly roedd gwahanol betha'n cael eu hawgrymu. Er enghraifft, *Ab Uno Disce Omnes*.'

'Dydi'n Lladin i ddim mor dda â hynny, y penbwl. Dwi'n dallt *tempus fugit*, ond paid â disgwyl i mi ddallt jôc mewn rhyw hen iaith farw.'

'Naci, nid jôc ydi hynna ond un o'r awgrymiada . . . *Ab Uno Disce Omnes* . . . "oddi wrth un y mae pawb yn dysgu". Un arall oedd *Via Trita, Via Tuta*, sy'n golygu rhywbeth fel "y llwybrau gorau yw'r llwybrau cyfarwydd". Ond dechreuodd rhai ohonon ni awgrymu dywediadau Cymraeg. Wsti . . . hen ddiarhebion a ballu . . . "y cynta i'r felin gaiff falu" . . . "a fo ben bid bont" . . . petha fel'na. Mae'n syndod cymaint ohonon nhw sy'n addas, neu o leia'r un mor addas â'r ymadroddion Lladin gwirion yna. Roeddan ni o ddifri ar y dechra – yn meddwl bod gan y gatrawd gystal hawl i arwyddair Cymraeg ag un Lladin. Ac wedyn trodd yn dipyn o hwyl. Decheuodd un o'r hogia – Ned, hogyn o sir Fôn – awgrymu rhai a oedd yn rhyw hannar addas ond eto'n wirion: "A chwilia fwyaf a fydd bellaf oddi wrtho;" "angel pen ffordd, diawl pen tân".'

'"Diawl pen ffordd, angel pen tân" ddylsa fo fod. Wsti, angylion gartref a diawled mewn brwydr, rhywbeth fel . . .'

'Naci. Aros di. Roedd un arall o'r hogia, Sam, wedi dechrau rhestru'r holl awgrymiada mewn llythyr.'

'Ia?'

'Llythyr i'w roi i'r uchel-swyddogion. Ac wedyn, rywsut neu'i gilydd, anghofion ni amdano fo. Ond daeth rhywun o hyd i'r llythyr ddiwrnod neu ddau yn ddiweddarch, rhywun nad oedd yn dallt Cymraeg, a gweld y brawddega cynta yn Saesneg. A chyn pen dim, roedd y llythyr wedi glanio ar ddesg yr Uwch-gapten . . . y *Major*.'

Cyrhaeddasai'r ddau ymyl arall y bryngaer. Stopiodd Robert a throi ati. 'Ac wedyn . . . ar ôl ymarferion y bore trannoeth, anerchodd o bawb. A dyna ni i gyd, a'r *Major* ar ganol ei araith . . .' Cymerodd arno'i fod yn ddyn hunanbwysig yn annerch torf, ag acen ysgol fonedd: "It's good to see that some of you chaps have taken such an active interest in the whole affair, and some first-rate suggestions have been put forward. First rate indeed! Sergeant Williams has drawn my attention to some of the ones he thinks most appropriate" – cogiodd ei fod yn dal darn o bapur o flaen ei lygaid – "and I particularly like this one: Angel Pen Ford, which, according to Sergeant Williams, means something like 'angels of the road or pathway'. Very good. First rate. That's the spirit. Now this second bit – "diawl . . . pen . . . tân . . ." '

Eisteddodd Robert ar ôl i'r pwl chwerthin chwythu'i blwc. Eisteddodd Gwen yn ei ymyl. Cododd ei llaw a phwyntio at goedlan fechan yn y pellter.

'Wyt ti'n cofio chwarae yn y coed?'

'Y coed?'

'Pan oeddan ni'n blant. Chwarae yn y coed.'

'Yndw. Wrth gwrs.'

'Dyna'r peth cynta ddaeth i mhen i pan ddeudist ti gynna mai hen gaer oedd y lle 'ma.'

'Be wnelo hynna â chwarae yn y coed?'

'Mi fyddan ni'n cogio mai cestyll o bob math oedd y coed. Wyt ti'n cofio?'

'Esgob, yndw.'

'A llongau.' Arhosodd yn dawel am ennyd, yn craffu ar y goedlan. 'Wsti be?'

'Be?'

'Dwi'n gallu cofio'r llongau . . . y lluniau . . . yn 'y nychymyg i. Hwyliau mawr gwyn . . . popeth wedi'i baentio'n aur ac yn arian . . . popeth yn hardd.'

'*Mae* coed yn hardd.' Craffodd yntau ar y goedlan yn y pellter. 'Yn enwedig y fedwen. Mi fydda i'n rhyfeddu o hyd at risgl y fedwen. A'r coed fala . . . coed fala yn eu bloda . . .' Ochneidiodd. Cododd ac estyn ei law i'w helpu ar ei thraed. 'Ma'n ddrwg gen i ddeud, ond ma'n rhaid i ni 'i throi hi rŵan. Maen nhw'n 'y nisgwyl i'n ôl efo'r gatrawd erbyn heno.'

20

Eisteddai Gwen ar y feranda yn darllen yng ngwres yr haul.

'Llyfr da?' Edrychodd, ond roedd yr haul yn ei dallu. Cododd ei llaw i gysodi'i llygaid a chiledrych o dani: dillad glas golau, cap gwyn, ag ambell gudyn du o wallt yn disgyn ohono. Talcen yn sgleiniog gan chwys. 'Ydi o'n llyfr da? Mae'n edrych braidd yn denau.'

'S'mae, Cadi. Dwi ddim wedi dy weld di ers rhai dyddia.' Plygodd y ferch i lawr ac eistedd yn ei chwrcwd yn ymyl cadair Gwen.

'Ond dwi wedi dy weld di.' Cydiodd yn ysgafn yn ei braich a sibrwd yn ei chlust. 'Neithiwr. O ffenast llofft yr arglwyddes. Dyna lle ro'n i, yn ceisio rhoi trefn ar yr hen lenni mawr 'na, a phwy welis i ond ti, yn cyrraedd yn un o'r moduron newydd 'na mae'r sowldiwrs yn eu dreifio i bob man.'

'O ia, y jîp. Welis i mohonach chdi yn y ffenast.'

'Ond mi welis i'r cyfan. Titha wedi gwisgo'n grand a'r dyn yna oedd yn dreifio. Ac mi gymerodd dy fraich a cherddded law yn llaw efo ti'r holl ffordd i fyny'r grisiau. Roedd o'n edrych yn olygus iawn o be o'n i'n gallu'i weld. Mi wyt ti wedi bachu un, 'yn dwyt?'

'Naci, Cadi. Fy mrawd oedd hwnna. Robert. Fy mrawd. Mae o'n lefftenant yn yr armi. Wedi cael ei draed yn rhydd am gwpwl o ddyddia ac mi ddaeth i edrych amdana i. Ges i ganiatâd i fynd i Groesoswallt hefo fo ddoe.'

'Ble mae o rŵan?'

'Yn ôl efo'i gatrawd. Dydi o ddim yn cael ei draed yn rhydd fel'na'n amal.'

'Piti garw, yndê?'

'Ia wir. Piti garw. Tyrd i ista am funud. Mi ddeuda i wrthach chdi am y llyfr 'ma.' Estynnodd Gwen y gyfrol fechan las iddi.

'Ydi o'n dda? Mae'n edrych braidd yn denau.' Cymerodd Cadi'r gyfrol a chraffu ar y llythrennau euraid ar ei chlawr. '*Ysgrifau*? Dydi o ddim yn deud llawer, nacdi? Dyna be ydi llyfrau – ysgrifau. Pwy ydi T. H. Parry-Williams?' A hithau'n siarad mor gyflym, châi Gwen ddim cyfle i ateb yr un o'i chwestiynau. 'Ac am be mae'r T.H., beth bynnag? *Too Handsome*, fatha dy frawd?' Rhoddodd y gyfrol yn ôl i Gwen wrth i'w chwerthin ddistewi. Cododd ar ei thraed a sythu'i ffedog â'i dwy law. Cododd Gwen hithau ar ei thraed.

'Tyrd i ista am funud, Cadi, i ni gael sgwrsio'n iawn.'

'Fedra i ddim. Mae gen i doman o betha i'w gneud heddiw a dim digon o amser i'w gneud nhw. Dwi wedi 'nal yn y canol, braidd, rhwng yr hen gogyddes 'na a'r arglwyddes hitha'n gofyn am betha gen i rownd y ril. Ac mae'n *boeth* heddiw, 'yn tydi?' Sychodd y chwys o'i thalcen a dechreuodd droi i gerdded i ffwrdd ond siaradodd Gwen cyn iddi gymryd cam:

'Thomas Herbert.'

'Be?'

'Thomas Herbert. Mae T.H. yn sefyll am Thomas Herbert. Mae hwn yn un o hoff lyfra fy mrawd. Mi ges i fo ganddo fo ddoe. Presant.'

'Neis iawn. Ond mae'n dal yn denau, 'yn tydi?'

'Nid wrth ei gynffon mae prynu mochyn. Rhywbeth mae Nhad yn ei ddeud weithia.' Gwenodd Cadi a chymryd hanner cam yn ôl i gyfeiriad Gwen.

'Ia! Mae 'nhad innau'n deud hynna hefyd weithiau. Un da ydi o hefyd.'

'Mae rhai pobl yn deud "nid wrth ei big mae prynu cyffylog".'

'Mi fydd y teulu'n cael cyffylog i' fwyta bob hyn a hyn pan fyddan ni yn Harlech, os ydi'r arglwydd wedi saethu un.

’Mond cwningod maen nhw’n eu cael rŵan. Deud y gwir, mae gen i ddwy i’w blingo yn disgwyl amdana i yn y gegin rŵan, ac mi fydd *my lady* yn ’y mlingo i os na dwi’n ei neud o’n o fuan.’

‘Yr arglwyddes?’

‘Naci,’ galwodd dros ei hysgwydd wrth iddi gerdded i ffwrdd. ‘*My lady* . . . brenhines Babilon . . . y gogyddes!’

Haf 1945

21

> Coch, coch, coch. Symud mewn coch.
>
> *Moving in Red: enemy presence strongly suspected. Caution must be taken while moving.*
>
> Mewn coch. Yn goch. Mae'r byd i gyd yn goch. Cochni – gormod ohono fo. Symud i'r gwyrdd, chwilia di am y gwyrddni.

Llechai yn y cysgodion ar gyrion yr orsaf drenau. Roedd y crys a'r trowsus a ddygasai oddi ar lein ddillad mewn rhyw ardd gefn yn ei ffitio'n dda ond roedd yn dal yn droednoeth, a'i draed yn fudr ar ôl yn agos at ddiwrnod o gerdded. Clywodd y sŵn y buasai'n ei ddisgwyl: rymblan o bell – trên yn trystio ac yn clacio ar y cledrau.

Aeth i'w gwrcwd a swatio yn ymyl wal. Daeth y rymblan yn nes ac yn nes, ac yna sŵn olwynion yn cydio'n dynnach yn y cledrau – crafu, sgriffio a sgrech fetelaidd wrth i'r trên stopio. Dechreuodd godi ond clywodd sŵn o fath arall ac aeth i'w gwrcwd eto a gwasgu yn erbyn y wal. Ni allai weld dros y wal bellach ond gwyddai mai sŵn injan ydoedd – injan lorri. Stopiodd honno rywle rhwng y wal a'r trên. Diffoddwyd yr injan. Daeth un arall, yr injan yn rhefru'n isel. Stopiodd honno hefyd.

> *Traffic control duty*. Pryd oedd hynna? Yn syth ar ôl cyrraedd Ffrainc, yn fuan ar ôl D-Day. A Ned yn cwyno drwy'r amsar. Am wastraff. Tair blynadd o baratoi, cyrraedd o'r diwadd, dafliad carreg o'r *line*, a

dim byd ond *traffic control* o fora gwyn tan nos. 'Waeth i ni fod yn bolîs ddim. Am faint oedd hynna? Wythnos? Llai? Cymryd lle'r 15th Recce wedyn, y Cymry'n cymryd lle'r Albanwyr. *You're relieved, men – the 53rd are taking over.* Pam yr acen grand o hyd? Cymry ydan ni, wedi'r cwbl. Ble oedd hynna? Bayeux? Cheux? Rhagor o waith diflas wedyn, dim byd ond *traffic control* o fora gwyn tan nos, yr holl ffordd rhwng Caen a . . . ble? *Village.* Pentref. Naci – *Villers.* Villers-Bocage. Ond ddechreuodd petha o ddifri wedyn, yn'do? Do, myn uffar i. Coblyn o frwydr, blydi cyflafan. Arfderydd a hanner, llachar cyflafar cyflafan. Naddo, naddo, naddo. Daeth y frwydr honno, y gyflafan honno, wedyn. Wedyn y daeth Arfderydd. Mis Mawrth 1945 oedd hi, ac nid Arfderydd oedd hi chwaith. Ar ôl i ni groesi'r Rhein. Mis Mawrth 1945. Gofia i'r lôn tra bydda i byw. Y lôn o Ringenberg i Bocholt oedd hi. Ar dir yr Almaen, ar ôl i ni groesi'r Rhein. *March 1945.* Pryd oedd y tro cynta, 'ta? Pryd? Ar ôl Bayeux a Cheux. Ar ôl *traffic control duty* – ia, Ned, waeth i chdi arfar, *traffic control duty* eto. Tua diwedd Mehefin 1944 oedd hynna, ar y lôn rhwng Caen a Villers-Bocages. Ddechreuodd petha o ddifri wedyn. Sielio, *mortars*. Do, do, do. Y cynta i farw. *First casualty, yes sir, Corporal Owen, sir. That's right, sir, of B squadron*. Un dyn, y cynta. Doedd hi ddim yn Arfderydd ond roedd yn ddigon o gyflafan i'w deulu yr un fath. Mehefin oedd hynna, nid . . . .

Sŵn eto: injan y lorri'n cychwyn. Ac un arall. Cododd ei ben ac edrych dros y wal: gallai weld cefn y lorri olaf yn trystio i lawr y lôn a redai'n stribed rhwng y cledrau a'r wal isel. Safai'r trên yn llonydd ar y cledrau. Edrychodd a gweld mynyddoedd duon bychain ym mhob un o'r cerbydau agored. Glo.

> Dyma ni, glo o sir Fflint. O Gymru. Ond na, na, na: mae'n cael ei gludo o Gymru i Loegar. Yr holl fynyddoedd duon. Trwy a thrwy, trwy a thrwy y daethon nhw, fesul un, o Gymru. Trwy a rhwy a thrwy a rhwy. Ond nid hwn, nid hwn. Aros di. Aros. Fe ddaw un yn mynd i'r cyfeiriad arall. Trwy a thrwy a thrwy a thrwy, a finna ar fy ffordd i Gymru.

Aeth i'w gwrcwd drachefn a chropian ar y llawr gan gadw'n agos at y wal ac aros yn y cysgodion. Roedd trwch o wyddfid yn tyfu'n ymyl pen pella'r wal. Cropiodd yn dawel ar hyd y wal ac yna aeth ar ei fol a llithro o dan y tyfiant gwyrdd. Symudai fel neidr, y dail crin yn rhasglo ar lawr o dano, gan wasgu yn erbyn y wal, a'r dail gwyrdd uwch ei ben yn ei guddio rhag y byd.

> Y gwyrddni, annisgwyl o bêr mewn lle anial, brwnt. Bryntni brics coch. Yn goch i gyd ac yn fudr-ddu. Budreddi'r dre. Annisgwyl, hwn. Gwyddfid, ni thyf ar lan afon. Nid o dan gell yng nghoed Celyddon chwaith. Ond pêr ei ganghennau'r un fath. Aderyn mewn llwyn.

Clywai suad lleisiau a graean balast yn crensian o dan draed: dynion yn cerdded ar hyd ochr y trên. Yn oedi bob hyn a hyn. Archwilio? Chwilio? Clywai eu lleisiau ond ni allai ddeall yr hyn a ddywedent.

> *You've got two jobs, lads, two roles, and you can't do them both at once.* Canolbwyntia, canolbwyntia, canolbwyntia. Disgwyl, disgwyl, disgwyl. Daw cyfle. *The first role is reconnaissance, and for that you need to be spread out, lads, to be dispersed. And then the second is when you're screening the flanks or covering a retreat or probing an enemy position. We can define all of those situations as fulfilling a protective role. And for that you need concentration.* Canolbwyntia,

> canolbwyntia. Ond nid dyna oedd y pwynt: crynhoi, crynhoi, crynhoi. Ond rhaid canolbwyntio hefyd. *Two kinds of jobs to do, lads, but you can't do them both at the same time.* Disgwyl, aros yma. O dan y dail, annisgwyl o bêr mewn byd sy'n fudr ac yn frwnt. *Concentration is the opposite of dispersal, you see, so you can't do both at once. We'll be asking a lot of you men, two roles.* Un, dau. Un, dau. Pa fath o ddawns ydi honna?

Piffian injan, sgrech fetelaidd, olwynion ar gledrau, a thrystio'n gresiendo wrth i'r trên godi stêm.

> Dyna ni. Glo ar ei ffordd i Loegar. Cyn hir, daw un yn mynd tua'r gorllewin. Disgwyl, ac yna sbio. Disgwyl, disgwyl, disgwyl. *Two jobs, lads, two roles.*

Symudodd un fraich yn araf, gan geisio gwneud cyn lleied o sŵn â phosibl wrth ei symud drwy'r dail crin. Anwesodd ei wyneb, ei archwilio â'i fysedd. Trwyn rhywbeth yn debyg, ond ei fod wedi mendio ychydig yn gam. Locsyn go drwchus, ond ychydig yn deneuach ar un ochr lle roedd llinellau'r graith i'w teimlo hefyd.

Esmwyth. Rhyfedd o beth, rhywbeth mor hyll yn teimlo mor esmwyth.

Cofia'r drych – y graith yn ymestyn i fyny'r foch ar un ochr, yn glytwaith o linellau coch a phiws. Locsyn browngoch a'r clytwaith coch a phiws. Y naill yn edrych yn hardd a'r llall yn hyll, y naill yn teimlo'n arw a'r llall yn esmwyth.

> Yn debyg i ogla'r ysbyty: y septig a'r antiseptig yn gymysg, glendid yn ymrafael â budreddi. Beth oedd ei henw hi? Dyw e ddim yn ddrwg o gwbwl. Wedi mendio'n reit neis. Ac mae barf yn eich siwtio chi. Miriam. Mae Gwen yn nyrs hefyd. Yndi, yndi, yndi.

* * *

Sŵn. Agorodd ei lygaid: roedd hi'n dywyllach, a'r cysgodion yn ddwysach. Nosi. A oedd wedi cysgu ynteu a oedd ei feddwl wedi crwydro? Ychydig o'r ddau? Ni wyddai, ond roedd y sŵn wedi dod ag ef yn ôl. Y sŵn: trên arall yn rymblan, yn trystio ac yn clacio ar y cledrau. Sgrech fetelaidd, olwynion yn crafu ac yn sgriffio'r cledrau. Arhosodd am ychydig yn gwrando: dim lleisiau. Dechreuodd ymlusgo drwy'r dail crin ac yna aeth ar ei bedwar a chropian. Daeth allan o'r cysgod a sefyll yn araf. Sbeciodd dros y wal. Safai trên arall yno – rhes o wageni glo gwag.

> Mae hwn yn mynd i Gymru. Sbio 'wan, sbio. Neb i'w weld. Amser symud? Canolbwyntia, canolbwyntia. Amser symud? Wedi gadael y gwyrddni'n barod. *All clear – go, go, go. But exercise caution. We'll be moving in amber, but wait for the word.* Mae gweithred yn well na gair. Dos, dos, dos.

22

Clec, clec, clecian. Roedd wedi arfer â'r ysgydwadau rhythmig erbyn hyn, clec ar ôl clec yn siglo'i gorff, yn rhuglo'i esgyrn – hwiangerdd afrosgo'r trên. Ond nid oedd yn cysgu, er ei fod yn gorwedd ar ei gefn ar waelod y wagen wag, ei ddwylo wedi'u plethu o dan ei ben yn lle clustog. Roedd wedi arfer â'r llwch glo hefyd: codai'n rheolaidd gydag ysgydwadau'r trên gan lenwi'i ffroenau â myllni'r pwll ac ogla'r ddaear. Syllai ar y sêr.

Rhwng daear a nef. Trwy a thrwy. Trwy a thrwy.

Ychydig o boen yn ei lygaid: y llwch yn eu cosi, yn eu crafu. Teimlai ddagrau'n cronni, ond ni chododd law i'w sychu. Caeodd ei lygaid yn dynn.

> Dagrau poen, nid galar. Mae'r baich hwn yn ysgafn; gallaf ei ddioddef yn llawen. Nac ofnwch rhag y rhai sy'n lladd y corff. Dagrau poen, nid galar. Ofnwch y rhai sy'n lladd yr enaid. Poen, nid galar. O'r gorau: rhoddaf alar i ti. Na, na, na. Paid â siarad, paid â deud dim. Paid â chofio. Ond dywedaf eto: rhoddaf, rhoddaf, mi roddaf, o mi roddaf. Na thybiwch fy nyfod i ddanfon tangnefedd, ond cleddyf: rhoddaf alar i ti. Mor druan gennyf, mor druan. Na, na, na. Paid â chofio. Paid â meddwl amdano. Dagrau poen, nid galar.

Agorodd ei lygaid eto ac edrych ar y sêr. Syllai arnynt drwy darth – cen o ddagrau a llwch yn gymysg – a sylwi'u bod yn ymddangos yn wahanol, yn symud. Gwelai siapiau, patrymau. Chwyrlïai'r golau ato drwy'r tywyllwch, yn troelli ac yn chwyrlïo, yn symud gyda rhythm y trên. Clec, clec, clecian.

* * *

Clec, clec, clecian. Agorodd ei lygaid eto. A oedd wedi cysgu? Eisteddodd i fyny, codi'i fraich a sychu'r llwch glo o'i lygaid â'i lawes. Teimlai boen yn ei gefn a symudodd ei freichiau, eu hymestyn uwch ei ben. Rholiodd ei ben o'r naill ochr i'r llall a theimlodd glec yn asgwrn ei gefn: gwelliant. Edrychodd ar y sêr: faint o amser oedd wedi mynd heibio? Oedd o wedi teithio'n bell? Symudodd ychydig er mwyn eistedd a'i gefn yn pwyso'n erbyn ochr y wagen. Teimlai'r cerbyd yn ysgwyd mewn ffordd wahanol; deuai'r clecian cyfarwydd i fyny drwy'i goesau a'i ben-ôl, ond roedd yn gymysg â theimlad arall, y siglo a'r rhatlo a ymdreiddiai i'w gefn o ochr y wagen.

Mae ffasiwn wahaniaeth rhwng cerbyd a cherbyd.

'Haleliwia!' gwaeddodd, wrth frasgamu o ddrws yr *officers' mess* at y bwrdd lle'r eisteddai Sam.

'Be sy? Paid â deud bod y rhyfel drosodd. A finna'n gobeithio gweld ychydig o Ffrainc cyn ei ddiwedd o hefyd.' Eisteddodd Robert ar y fainc yn ei ymyl.

'Dwi newydd glywad.' Fel ymateb i sylw coeglyd ei gyfaill roedd wedi penderfynu torri'r newydd yn araf iddo.

'Be? Clywed be?'

'Sut mae'n platŵn yn cael ei drefnu, y rhaniadau.'

'Rhaniadau?'

'Y rhaniadau. Y *sections*.'

'Wel ty'd 'laen, y llo gwirion – be ydyn nhw?'

''Dan ni'n dau'n mynd i'r *recce section*.'

'O ddifri?!'

'O ddifri. Mae hynna'n golygu'n bod ni'n cael y *cars*. Y *cars*, Sam, yr *armoured cars*!'

'Wel diolch i'r drefn am hynna.'

'Ond mae Ned yn mynd i un o'r *carrier sections*. John hefyd.'

'Druan ohonyn nhw. Cofia be ddeudodd Williams am y *carriers*.' Sythodd ei gefn fymryn a cheisio dynwared llais y sarsiant o Geredigion. 'Dyna ni, bois, ma'r *universal carrier* yn hen beiriant bach teidi iawn, hen beiriant bach ffeind. *Slow as a minister's mule, mind,* ac *about as much armour as a paper bag,* ond hen beiriant bach da serch 'ny.' Ysgydwodd ei ben. 'Waeth i ni heb. Cofia be ddeudodd yr hogia a welodd *action* yn Tiwnisia. Doeddan nhw ddim yn rhy hapus efo'r Light Reconnaissance Car.'

'Ond maen nhw'n deud bod yr Humbers newydd ar y ffordd. Dyna gawn ni.'

'Wyt ti'n meddwl?'

'Siŵr iawn. Ni ydi'r cynta yn y ciw am y cerbydau newydd.'

'Druan o Ned.'

'Ia. Mi fydd yn siom fawr iddo fo.'

''Nenwedig ers iddo fo ddysgu mai Bren Gun Carrier ydi o, nid *Brenda car*. . .'

'Cau dy ben, y ffŵl gwirion.'

Cyfaill o beiriant a mynd ynddo.

Mynd, mynd, mynd. Un da oedd yr Humber Mark Four hefyd. Digon o fynd ynddo a llawer mwy solet na'r hen LRCs. Mynd, mynd, mynd. Cyfaill o beiriant. Trwy a thrwy a thrwy. Fi a Dafydd a Cadfan. David, David, David, ond y fi'n mynnu'i alw'n Dafydd. Mab siopwr o Borthmadog. Hwnnw, gwas ffarm o Feirionydd, a finna. David a Cadfan a finna, yn mynd, mynd, mynd. Trwy a thrwy. Trwy a thrwy. Fi enwodd y cerbyd hefyd. Cyfaill. Be oedd Cadfan isio'i alw fo? Y Tywysog Llywelyn. Naci, naci. *Prince* Llywelyn, i Saeson y gatrawd gael dallt. Awgrymodd David lwyth o enwa gwirion hefyd, ond fi oedd y swyddog. Ddrwg gen i, hogia. Rhaid i chi ymddiried yn eich *ranking officer* y tro hwn. Mae isio enw syml ond solet, ac mae'n *gyfaill* o beiriant. Cyfaill a digon o fynd ynddo. Ond Dafydd baentiodd yr enw arno. Llaw dda, David. Wedi arfer paentio arwyddion ar gyfar ffenast siop ei dad. Ffenast siop. Ond oedd o'n dda, 'yn doedd? Hogia? Pawb 'di cymryd ato fo yn y diwadd. Iawn, 'ta, taflwch hwnna lawr eich cyrn gyddfa, hogia, rhaid i ni fynd at yr hen Gyfaill rŵan. Cofia, Dafydd, sicrhau bod yr hen Gyfaill yn iawn heno. Cofia'r olew, David, mae'r hen Gyfaill wedi bod yn ei lyncu'n ofnadwy'n ddiweddar. Ac mae Cyfaill Cadfan yn swnio'n dda, 'yn tydi? Fo oedd yn gyrru'r rhan fwya o'r amsar. Finna i fyny fry. Be ddeudodd Ned? Yn dalog i gyd, fel capten ar fwrdd llong. Mynd, mynd, mynd. Trwy a thrwy a thrwy.

'Congratulations, men. You've covered fifty-five miles today. That's the most the regiment's done so far. Fifty-five miles, and in the face of the enemy. Well done. That's one for the books.'

Ddechrau Medi 1944, ar y ffordd o'r Seine i'r Somme. Gwelsai'r gatrawd ychydig o ymladd cyn hynny yn Les Andelys, a'n platŵn yn cael ei alw i helpu'r *carrier section* o B Squadron a oedd yn ceisio clirio'r Almaenwyr o'r caeau ŷd yr ochr arall i'r lôn. Ugain munud o ymladd ffyrnig, ugain munud yn teimlo fel ugain awr. Gorfod neidio o'r cerbyd a chysgodi mewn ffos. Thync, thync, thync: gynnau mawr yr Almaenwyr yn dod o rywle, *o.p.* yn y cae yn eu galw i mewn. Yr hogia o'r *carriers* yn eu cael nhw yn y diwedd ar ôl ymgropian drwy'r ŷd a'u saethu. Cael yr *all clear*, yn ôl i'r cerbyd a saethu'r Almaenwyr a oedd yn ceisio ffoi. Tsic-tsic-tisc-tsic. Peirianddryll yr Humber yn eu torri i lawr: un, dau, tri, pedwar yn syrthio fel doliau clwt ar y lôn. 'Dyna chdi, Dafydd!' Tsic-tsic-tsic-tsic. 'Da iawn, ngwas i. Paid â gadael i'r bygars bach gyrraedd y ffos!' Tsic-tsic-tsic-tsic. Ar y radio:

'Get the rest of the cars around their flank now! Those eighty-eights have stopped firing. Must be pulling out. Catch 'em limbering up and tear the hell out of 'em.' Tsic-tsic-tsic. 'Dyna fo, Dafydd. Paid â'i wastraffu 'wan.' Cadfan yn chwerthin, 'Esgob annwyl, David. Mae'r Jerries 'na wedi hen farw!' Codi o dyret yr Humber a neidio i lawr. Cerdded drwy'r ŷd wedyn i helpu hogia B Squadron gyda'u clwyfedigion. Dilyn y llwybrau drwy'r ŷd sathredig, dilyn y mwg. Cyrraedd pen pella'r cae a gweld y *carrier*: twll mawr hyll drwy'r tu blaen, trwy'r gyrrwr, trwy'r corporal a oedd yn eistedd y tu ôl iddo a thrwy gefn y cerbyd bychan. *About as much armour as a paper bag.* Trwy a thrwy a thrwy. Dafydd yn rhedeg yn ôl a pherswadio Cadfan i ddod i weld. 'Ddeudis i, yn'do? Mae gan y blydi *eighty-eights* 'na gymaint o *velocity*. Aeth y siel yn syth drwyddyn nhw heb ffrwydro. Druan ohonyn nhw.' Cadfan yn ysgwyd ei ben, 'Argian. O leia mi oedd yn gyflym. Go brin eu bod nhw'n gwbod be 'nath eu taro nhw.'

Yn gyflym. Mynd yn gyflym. Mynd a mynd a mynd. Ond nid felly mae hi bob amser, hogia, cofiwch hynny. Y rhwygo cyflym ac yna'r llosgi araf – dyna fel roedd hi inni, yndê? Pwy laddwyd yn syth? Cadfan? Do, do, do, mae'n rhaid, ac ynta'n gyrru. Mi welais i'r blydi panzer o'n blaena hannar eiliad cyn iddo saethu. Rhaid ei fod wedi'n taro yn y tu blaen, rhaid bod Cadfan wedi mynd yn syth, yn gyflym. Be wedyn? Yr ysgytwad, fy mhen yn taro yn erbyn to'r tyret. Y cerbyd ar dân. Gafodd Dafydd ei lusgo allan hefyd? Dwi ddim yn cofio. Dafydd, David. A'r cerbyd ar dân. Dydi o ddim mor gyflym bob amsar, nacdi, hogia? Ond nid Les Andelys oedd hynna. Naddo, naddo, naddo. Ddaethon ni o fanno'n fyw, ni'n tri, yn'do? Gawson ni ddiwrnod reit dda yn Les Andelys, yn'do? Ac wedyn y ras yr holl ffordd i'r Somme. *Congratulations, men. You've covered fifty-five miles today.*

23

Trydar yr adar ac ogla llaith cyfarwydd: deffrodd ar ôl noson arall yn y coed. Er ei fod yn deffro mewn llecyn gwahanol bob nos, yr un synau a'r un arogleuon a'i deffrai yn y bore. Cerddai drwy'r dydd, gan gadw i'r llwyni a'r coed, a chysgai mewn cuddfan newydd bob nos, gyda changhennau a dail yn cynnig cysur a chysgod iddo. Agorodd ei lygaid a syllu ar y gwead gwyrddfrown uwch ei ben. Afallen, bêr ei changhennau. Cododd ar ei eistedd. Pesychodd. Safodd ac agor botymau'r gôt wlân fawr.

Dygasai'r gôt yn syth ar ôl gadael y trên. Wrth ddringo i lawr o'r wagen sylwodd fod yna gwt mawr ar lun tŷ bychan yn ymyl. Sleifiodd yn ddistaw ato a sbecian drwy'r ffenestr fach: dim golau a neb y tu mewn. Roedd y drws dan glo ond gan fod y pren wedi pydru nid oedd yn anodd iddo'i agor. Y tu mewn: bwrdd bychan, cadair, a nifer o bethau nad oedd yn hawlio'i sylw. Ond roedd yna ddwy gôt yn hongian ar y wal a chymerodd y fwyaf ohonynt. Cymerodd bâr o sgidiau trymion hefyd.

'Na ladrata, Robert.' Clywai lais ei fam, ac yntau'n hogyn bach yn dangos afalau yr oedd wedi'u casglu.

''Mond eu casglu nhw wnes i.'

'Dwyn ydi hynna, Robert.'

'Naci, Mam. 'Sneb pia nhw.'

'Wel nid y *ni* pia nhw, Robert. Dwyn ydi hynna. Lladrata.'

'Ma'n ddrwg gen i, Mam, ma'n ddrwg gen i. Peidiwch â deud wrth Dad.'

'Dyna ni, Robert bach, dyna ni. Fyddet ti byth yn dwyn,

na fyddet? Doeddach chdi ddim yn meddwl, dyna i gyd.' Plygodd i sychu'i ddagrau.

'Dyna oeddwn i'n feddwl, Mam – 'sneb pia nhw – dyna oeddwn i'n feddwl.'

'Wn i. Dyna oeddach chdi'n feddwl. Dyna ni. Mae popeth yn iawn.'

> Mam: cynnes a chyson, yn maddau mor rhwydd, a finna'n cymryd ei maddeuant yn ganiataol. Yn gweithio mor galad i ennill maddeuant Nhad a chymryd maddeuant Mam yn ganiataol. A Gwen yn y canol o hyd, yn cymodi o hyd. Trwy'r amsar. Trwy a thrwy a thrwy. 'Mi ddylet ti, Robert. Mi fydden nhw'n falch. Mam, wrth reswm, ond Dad hefyd.' Mam, wrth reswm. Wrth reswm: yn gyson ac yn maddau mor rhwydd.

Dechreuodd gerdded. Roedd ei draed yn brifo: nid oedd ganddo sanau a chrafai lledr yr esgidiau ei groen yn ddidrugaredd. Gwyddai ei fod yn cerdded tua'r gorllewin a gwnâi'n siŵr ei fod yn teithio yng nghysgod y coed. Roedd yn symud mewn gwyrdd.

* * *

Aeth ar ei bedwar wrth ymyl y nant. Ni chododd y dŵr â'i law ond aros ar ei bedwar, plygu'i ben a'i yfed fel anifail. Dim ond ar ôl iddo dorri'i syched y cododd ac eistedd cyn plygu eto, gwneud cwpan o'i ddwylo a chodi'r dŵr at ei wyneb. Anifail yn yfed, dyn yn ymolchi. Diferodd y dŵr o'i locsyn a gwlychu coler ei grys.

> Dim ots. Mi fydd yn boeth heddiw: buan y sychith o. Beth bynnag, fydd dim angen crys arna i o gwbl cyn hir, y ffordd ma'r blew 'ma'n tyfu. Dim ots, dim ots. Trwy a thrwy a thrwy.

Cododd ar ei draed a cherdded yn araf ar hyd yr afonig

gan astudio'i glannau. Daeth o hyd i fan lle roedd berw dŵr yn tyfu'n drwch. Aeth ar ei bedwar eto, plygu a bwyta fel anifail yn pori.

* * *

'Ma genna i rwbath i chdi, ngwas i.'

Eisteddai Huw wrth ei ymyl yn llyfrgell y coleg, gwên lydan ar ei wyneb a'i law'n pwnio'r bag lledr a roddasai ar y bwrdd o'i flaen.

'Dy fag llyfra di?'

'Naci, yr hwn sy'n gweld yr arwynebol yn unig. Yr hyn sydd yn fy mag llyfrau i yw'r hyn sydd gennyf dan sylw. Presant.'

'Pwy sy'n siarad fatha diwinydd rŵan? A chyn imi ddiolch i chdi amdano, be ydi o?'

'Bydd raid i chdi ddod o 'ma i' gael o. A dwi am ei rannu o efo chdi hefyd. Ty'd.' Cydiodd ym mraich Robert a'i helpu ar ei draed.

'O'r gora. Ond mae genna i dipyn go lew o waith i'w neud yma eto.'

'Paid â phoeni, ngwas i. Ni fydd edifar gennyt . . .'

'Be ydi o, 'lly?'

'Dwy botelad o gwrw a brechdan *egg and cress*. Mi brynis i'r cwrw ac mi welis i'r brechdanau wy yn ista'n dwt ar fwrdd bach del y tu allan i'r Senior Common Room.'

'Na ladrata, Huw, na ladrata.'

'Nid lladrata mo hyn, Robat bach, ond tynnu tywysen o'r cae ŷd.' Roedd y ddau bellach yn cerdded i gyfeiriad y drws. 'Onid felly y ceryddodd Crist y Phariseaid, Robat bach?'

'Ond mi wyt ti wedi colli ergyd y bregeth, Huw. Chdi ydi'r Pharisead. Mae gan y *reds* well ffordd o ddisgrifio'r weithred: *redistribution of wealth*. Ond rhannu torth a thywysennau ydi hynna hefyd, am wn i.'

* * *

Gwernen, onnen, bedwen. Cerddai yng nghysgod y coed; roedd yn symud mewn gwyrdd. Derwen, onnen, gwernen. Tair bedwen yn sefyll ynghyd, eu canghennau'n cyffwrdd â'i gilydd. Galwai'r rhisgl gwyn o, ac oedodd er mwyn estyn ei law ac anwesu un o'r bedwenni. Esmwyth, llyfn, sidanaidd. Oer, ond nid oerfel y meirw: oerni cysurlon y goeden fyw.

> Gwyn ei byd hi y fedwen. Beth yw oedran coeden fel hon? Dengmlwydd? Pymtheg? Gwyn ei byd, a'i changhennau'n syrthio, pob un, pob dwy. Beth oedd oed Cadfan? Ugain? Pedair ar bymtheg? Rhyw wyth, naw, ddeng mlynedd yn iau na fi?

'Mae'n golygu popeth imi, Lefftenant – popeth. Gwas ffarm o'n i, dach chi'n gweld, ac yn fab i was ffarm. Ond nid rŵan. Dyma fi, wedi enlistio, ac yna wedyn pasio'r *IQ test* a chael 'y nerbyn i'r Recce Corps. Dyna ni – dwi ddim yn was ffarm rŵan. Fydd bywyd byth yr un fath i mi ar ôl y rhyfel.'

> Na fydd, na fydd. Ni fydd bywyd yr un fath iti: ni fyddi fyw. Cyflafar cyflafan.

Rhyw ugain oed, ac yn cadw dau hen rifyn o'r cylchgrawn *Cymru* yn ei fag, eu tudalennau wedi melynu a'u corneli'n grych.

Dafydd yn ei bryfocio:

'Ble cest ti'r hen betha 'na, beth bynnag?'

'Gan Nhad. Mi brynodd ynta nhw gan y dyn llyfra yn y ffair flynyddoedd yn ôl.'

'Yn union: flynyddoedd yn ôl! I be wyt ti'n darllen hen betha fel'na? Faint o weithia dwi wedi deud? Mi gei di fagasîn bach newydd gan yr . . .'

'Ond mae'r rhain yn Gymraeg. Ac mae yna lawer o betha buddiol ynddyn nhw.'

'Mae o'n iawn, *Private*, gad lonydd iddo. Pe bai pob Cymro'n darllen cylchgrawn O. M. Edwards gyda'r ffasiwn arddeliad, byddai Cymru'n well gwlad o'r hanner.'

'Dydi o ddim at 'y nant i, Lefftenant.'

'Gwranda arno fo, David. Yn ogystal â bod yn *gommanding officer* i ni, mae o'n hŷn na ni. Ac mae'r lefftenant wedi bod yn y coleg, yn'do, Lefftenant?'

> Do, do, do. Yn hŷn o lawar, hogia. Beth oedd oed Dafydd? Rhywbeth tebyg. Dafydd, Dafydd, Dafydd.

'Ddrwg gen i, *beg your pardon, sir,* ond David ydi o.'

''Dan ni i gyd yn Gymry yma, *Private*. Mi ddylet ti fod yn falch o gael dy alw'n Dafydd.'

'Ges i'n enwi ar ôl Nhad, dach chi'n gweld, Lefftenant, a Nhad ar ôl ei dad ynta.'

'Wel, *Private,* mi allwn i dy alw'n Dewi hefyd. Mi fyddai unrhyw Gymro da yn falch o'r enw yna.'

Ymlaen rŵan, ymlaen. Dos, dos, dos. Ond cymer bwyll. Tipyn o dir i'w deithio cyn nos. *Fine job, men – fifty-five miles today.* Mynd, mynd, mynd, trwy a thrwy a thrwy. *That's a record for the regiment. Well done.* Dos. 'Dan ni'n symud mewn gwyrdd, felly dos. Gwernen, onnen, derwen, bedwen.

24

'Oian, oian, oian.'

Safai yn y cysgodion yn ymyl wal bella'r twlc, y coed y tu ôl iddo. Roedd yr haul ar fachlud a rhedai cysgod y coed dros y twlc at ddrws y bwthyn bychan yr ochr draw iddo. Plygodd dros y wal:

'Oian, oian, oian.'

Cododd y mochyn ei ben a ffroeni, ei drwyn fodfedd neu ddwy o'r wyneb a blygai drosto.

'Oian, borchell, oian.'

Pefriai llygaid bychain yr anifail yn y golau egwan. Ffroenai. Rhochiai'n dawel.

'Pwy sy 'na?'

Roedd rhywun yn sefyll yn nrws y bwthyn. Ymsythodd ac edrych: merch, dynes, gwraig. Galwodd hi eto:

'Pwy sy 'na? Be dach chi isio?'

Er ei bod hi'n siarad yn uchel er mwyn taflu'i llais o'r drws at odre'r coed, nid oedd hi'n swnio'n fygythiol.

'Alla i'ch helpu chi?'

Roedd rhyw dynerwch yn ei llais. Diffuantrwydd. Cymerodd yntau gam yn ôl, wysg ei gefn, i gyfeiriad y coed, ond ni throdd i ddianc ac ni thynnodd ei lygaid oddi ar y wraig. Daeth hi'n araf o'r drws, ei chamre'n ysgafn ac yn ofalus. Camre un sy'n deall anifeiliaid ac yn ceisio agosáu at beth gwyllt heb ei ddychryn.

'Peidiwch â mynd. Ydach chi ar goll? Alla i helpu?'

Dos, dos, dos i'r coed. Dos a chuddio yn eu cysgodion.

Dyna dy fyd – onnen, bedwen, derwen, afallen. Y nentydd gloywon a'u berw dŵr. Nid wyt yn perthyn i'w byd nhw mwyach, nid oes gan anheddle hawl arnat. Dos a chuddio yn y coed.

Ond ni allai dynnu'i lygaid oddi arni: wyneb agored, gwallt tywyll wedi'i dynnu'n dynn y tu ôl i'w phen, llygaid glas – llygaid siâp almon – a rhyw olau anghyffredin yn y llygaid hirgrwn hynny. A chyn iddo sylwi roedd y llygaid dyfnion hynny'n syllu i fyw ei lygaid yntau, a'r wraig yn sefyll ryw lathen oddi wrtho.

* * *

Paid â siarad, paid â siarad, paid â siarad.

Nid oedd yn llawer o dŷ – ystafell, cegin a grisiau serth, cul yn arwain i fyny i'r llofft – ond roedd yn glyd. Eisteddai'r ddau wrth y bwrdd bychan, a phaned o de o'i flaen o. Codai stêm o'r gwpan yn esgyll pluog i'r awyr.

'Danadl ac ysgaw ydi o. Does gen i ddim te go iawn ar hyn o bryd. Ond mi welwch fod rhywbeth reit llesol yn hwn. Hoffech chi fêl? Mae gen i ychydig.'

Ty'd 'laen: mi ddylet ti ddeud rwbath. Ma hi'n garedig, ma hi isio helpu. Paid â bod mor anghwrtais. Cofia eiria Mam. Y hi sy'n iawn bob tro. Paid â bod mor anghwrtais. Dechreua efo dy enw. Deud y cyfan wrthi. Deud *rwbath* wrthi. Unrhyw beth. Naci, naci, naci. Paid â siarad, paid â deud dim. Dim.

Ni allai ddeall sut roedd hi wedi'i hudo i mewn i'r tŷ. Roedd o am ffoi, roedd o am droi a rhedeg i gysur cysgodion y coed, ond deuai cysur o fath arall o'i llais a'i llygaid hi. Cyn iddo sylwi, roedd hi'n sefyll yn ei ymyl, yn siarad yn dyner ag o, a chyn pen dim roedd yntau'n eistedd wrth ei bwrdd.

Syllodd arni: faint oedd ei hoed? Roedd hi'n hŷn nag o ac yn iau o lawer na'i fam.

'Mêl?' Roedd hi'n estyn potyn bychan iddo.

> Mi ddylet ti ddeud rwbath. Paid â bod mor anghwrtais. Deud rwbath.

'Diolch.'

Gwenodd hithau wrth roi llwyaid yn ei de a'i droi,

'Mi wyddwn eich bod chi'n Gymro. Ann ydw i – Ann Jones. Mae yna bump ohonon ni'n byw yma.'

Cododd yntau'r gwpan, chwythu arni a theimlo'r stêm yn chwyrlïo o gwmpas ei wyneb. Ogla chwerw-felys yn deffro rhywbeth ynddo, a'r gwpan gynnes yn galw'r gwres byw i'w ddwylo. Gwrandawodd arni.

'Meddyliwch am hynna! Pump ohonon ni o'r enw Ann Jones yn byw o fewn tafliad carreg i'n gilydd. Mae tair ohonon ni'n perthyn ac mae pedair ohonon ni'n weddwon. Rhai'n Jones cyn priodi, rhai'n Jones ar ôl priodi, a finna'n Ann Jones cyn *ac* ar ôl priodi.' Gwenodd arno, ei llygaid yn gwahodd ymateb ac yn estyn caredigrwydd. 'Be 'di'ch enw chi?'

> Paid â deud dim. Dim.

'Mae'n iawn. A' i ddim i fusnesu. Mi siarada i, 'ta. Fel deudis i, mae yna bump Ann Jones yn byw yma yn 'Rallt, ac mae pedair ohonon ni'n weddwon.' Seibiodd er mwyn rhoi cyfle iddo fo ymuno yn y sgwrs ond ni ddywedodd air. Arhosodd hithau'n dawel am ychydig, ei llygaid yn gwahodd ymateb o hyd. Cododd yntau'r gwpan i'w wefusau; ni ddywedodd air. 'Mi gollais i ngŵr ddeng mlynedd yn ôl. Y diciáu. Roedd o'n ddyn caredig, John. Mi ddaru ni briodi'n ifanc, a phriodas hapus iawn oedd hi hefyd . . .'

> Roedd Mam a Nhad yn hen yn priodi, yn hen yn cael plant. Yn ymddwyn iddo fab yn ei henaint. Pwy oedd honna?

'. . . priodas ddedwydd iawn, anarferol o ddedwydd, yn fendith . . .'

Esther? Judith? Sarah? Byddai Nhad yn gwybod. Dw inna'n gwybod hefyd: Sarah. Y hi a feichiogodd ac a ymddûg i Abraham fab yn ei henaint. Y hi, hi, hi. A Mam yn geni mab yn ei henaint, merch hefyd. Do, do, do. Ond nid mor hen â Sarah, ma'n siŵr. Be ydi oed Mam?

'. . . doedd gynnon ni'm rhyw lawer, ond fuon ni'n ffodus. Gawson ni'n bendithio. Dau fab iach, y ddau wedi tyfu'n ddynion mawr, iach. Oes gynnoch chi blant?'

Paid â deud dim. Dim.

'Nagoes? Wel mae gen i ddau fab, dau grymffast mawr, fel roedd eu tad yn arfer deud. Mae'n torri nghalon i i feddwl na chafodd o mo'r cyfle i'w gweld nhw'n tyfu'n ddynion. Mae'r hynaf, John, yn ugain rŵan. Mae o'n gweithio mewn pwll glo draw yn sir Fflint. Mae o'n hogyn da, yn dŵad i edrych am ei fam bob cyfle geith o. Edwart 'di'r fenga. Mae o'n ddeunaw. Mi listiodd yn yr armi ddiwedd Chwefror diwetha, yn syth ar ôl ei ben-blwydd. Mi oedd o 'di bod yn gofyn a gofyn erstalwm, ond doeddwn i ddim am iddo fynd. Ond dyna fo – mi drodd yn ddeunaw ac mi aeth i'r armi. Mae o draw yn Ffrainc rŵan. Aeth draw yno ryw wthnos ar ôl i'r cwffio ddarfod yn fan'no, diolch i'r drefn. Meddyliwch am hynny – cyrraedd wythnos ar ôl iddo orffen. Roedd o'n torri'i fol isio cwffio, ond dyna ni – mae ngweddi i wedi'i hateb. Mi ddaw o adra o'r armi'n fyw ryw ddydd. Mae ngweddi wedi'i hateb. Rhagor o de?'

'Dim diolch.'

'Dyna ni.'

Ceisiodd ddal ei lygaid wrth godi'r gwpan wag.

'Dach chi'n sowldiwr hefyd, 'yn tydach? Neu wedi bod? Pan welais i chi wrth ymyl y twlc mochyn o'n i'n meddwl mai trempyn oeddach chi. 'Dan ni'n eu gweld nhw bob a hyn yma yn 'Rallt. O'n i am gynnig brechdan i chi a chwpwl o fala. Fedra i'm diodde gadael i rywun ag arno isio bwyd gerdded heibio 'nrws i'n waglaw. Ond dach chi ddim yn drempyn, nacdach? Ddaethoch chi ddim yma i gardota; dach chi ar ryw berwyl arall.'

Yndw, yndw, mi ydw i ar berwyl arall. Ond paid â deud wrthi hi, paid â siarad. Paid â deud dim. Dim.

'Ond mi ydach chi'n sowldiwr, 'yn tydach? Neu wedi bod yn sowldiwr. A dach chi wedi'ch brifo, yn'do?'

Yndw. Nacdw. Deud dim. Dim.

'Mi fedra i gael help i chi. 'Mond i chi ddeud be sy arnoch chi'i angen. 'Mond i chi ddeud. Mi ga' i hyd i le yn y pentra i chi gysgu. Doctor. Dillad glân. 'Mond i chi ddeud.'

'Dim diolch.'

Dyna chdi. Iawn. Deuda rwbath arall rŵan.

'Ond diolch i chi am gynnig yr un fath. Mae'n rhaid i mi fynd rŵan. Gen i ffordd bell i fynd.'

'Beth am ychydig o fwyd cyn i chi fynd? Mae gen i dri brithyll i'w ffrio. Un o ffrindia Edwart y mab wedi dŵad â nhw i mi heddiw, chwarae teg iddo fo. Gormod i mi, a deud y gwir. Ac mae yna dorth ac ychydig o datws ar ôl.'

* * *

Awr yn ddiweddarach, camodd o'r bwthyn i dywyllwch y nos.

'Dach chi'n siŵr dach chi ddim isio i mi gael hyd i le i chi aros lawr yn y pentre? Dewch 'laen – dach chi ddim isio cerdded drwy'r nos. Fyddai hi ddim yn bropor i chi aros yma, ond mae yna ddigon o bobol dda yma yn 'Rallt. Cristnogion da. Mi gaech chi groeso gan lawer ohonyn nhw.'

Deuda rwbath wrthi. Unrhyw beth. Paid â bod mor annniolchgar.

'Na? Dyna fo. Chi ŵyr eich pethau.'
'Diolch . . . am y bwyd . . . ac am . . . y te.'

Deuda rwbath arall, rhwbath mwy na *hynna* . . .

'Diolch yn fawr iawn.'
'Croeso, siŵr. Tan eich bendith.'
Arhosodd hi yno, yn sefyll yn ffram y drws wrth iddo gerdded heibio'r twlc mochyn.

Oian, oian, oian.
Oian, borchell dedwydd.
Oian, oian, oian.

Trodd a chodi'i law cyn plymio i'r tywyllwch.

25

Gwernen, onnen, bedwen. Cerddai drwy blethwaith o gysgodion a goleuni, y canghennau'n hidlo haul y bore a'r golau a ddeuai drwy hidl werdd y dail yn britho llawr y goedwig. Roedd wedi deffro'n gynnar i drydar yr adar ar ôl cysgu'r nos yng nghôl derwen. Aethai ar ei bedwar yn ymyl nant. Ar ôl yfed y dŵr oer codasai'i ben a gweld cen o ddail gwyrdd bychain yn tyfu ar hyd wyneb yr afonig yn ymyl y lan arall. Estyn braich a medi dyrnaid ar ôl dyrnaid, eu rhofio i'w geg a'u cnoi'n flysiog. Rhedai dŵr yn gymysg â sudd gwyrdd y berw i lawr ei ên.

Brithyll i swper, berw dŵr i frecwast:
Ffrwyth yr afon, ffrwyth y nant.

Cododd ei law a sychu'i geg. Anwesodd flew pigog, gwlyb ei locsyn. Cododd a chamodd dros y nant.

Dŵr y nant i'm bedyddio o'r newydd.
Caf de danadl ac ysgaw yn win,
Berw dŵr a brithyll yn afrlladen.

Cymun santes a bedydd llygad sanctaidd ei ffynnon.
Llygaid dyfnion, ffynnon sy'n torri syched,
Syched un sy'n ymdaith â gwylltion.

* * *

Mae o'n ddeunaw ac mi listiodd yn yr armi ddiwedd Chwefror diwetha. Rhy ifanc, rhy ifanc. Roedd Cadfan flwyddyn neu ddwy'n hŷn. A Dafydd. Rhy ifanc, rhy ifanc. Cofia'r hogiau yna ger Falaise. Cnwd ohonyn nhw,

Almaenwyr, yn y Falaise Gap. Cyflafan Falaise, ond nid ein Harfderydd ni oedd honno. Degau o filoedd ohonyn nhw wedi'u dal wrth geisio dianc, ein hawyrennau a'n gynnau mawr yn eu bomio a'u sielio'n ddidostur. Chwaraeon ni ein rhan hefyd. Do, do, do. *That's one for the history books, men: 15 August 1944*. Do, do. Rhuthro ymlaen er mwyn cau'r holl ffyrdd a rhwystro'r gelyn rhag dianc. Cyfarfod â'r Canadiaid ryw dro tua chanol nos. Yr Americanwyr yn dod i fyny o'r de, yn cau'r adwy, yn cau'r Gap. Gollon ni rai'r noson honno hefyd. Do, do, do. Collodd Sam saith neu wyth o'i hogiau. *Yes, sir, anti-tank guns, sir. Knocked out three carriers, sir.* Sielio o bob man. A ninna wedi rhuthro ymlaen, roedd ein gynnau ni'n hunain yn ein sielio. Y Canadians, yr Iancs, a'n gynnau ni ein hunain. A'r Almaenwyr, wrth gwrs. Lladdwyd caplan y gatrawd y noson honno. Do, do, do. A finna newydd sôn amdano mewn llythyr.

> Annwyl Gwen,
>
> Bu'r caplan yn cynnal cymun ddoe. Peth rhyfedd yw clywed 'moddion gras' yn Saesneg, ond peth rhyfeddach yw gwasanaeth eglwysig mewn gwersyllfa filwrol. Syniadau cyfarwydd ond iaith estron . . . popeth arall yn estron, a dweud y gwir. Fel y dywedaist ti'r diwrnod hwnnw yng Nghroesoswallt: y cyfarwydd yn anghyfarwydd. Ond byddai 'rhyfedd ar y naw' yn agosach o lawer ato. Fel y gwyddost, does gennyf ddim llawer i'w ddweud wrth . . .

Do, do, do. Trawyd y caplan gan siel yn ystod y nos. Ei ladd yn y fan a'r lle. A hogiau Sam, yn cwffio â *rear guard* yr Almaenwyr. *Yes, sir, anti-tank guns. Three carriers lost, sir. Moderate casualties. But we got 'em, sir, we got 'em*. Doedd Sam ddim yr un fath ar ôl Falaise. Saith neu wyth o'i hogia mewn ychydig funudau.

Ond *am* ddiwrnod. Am garcharorion. *What a day, men. One*

for the record books. Five thousand prisoners in one day. Pum mil mewn diwrnod. Do, do. Ddeudodd Mam a Gwen yn eu llythyrau eu bod nhw wedi clywed amdano fo ar y weiarles. *One regiment, the 53rd Reconnaissance Welsh, has taken a record haul of prisoners in a day.* Pum mil. *One for the books, men.* Pum mil. Milwyr, siopwyr, cigyddion, myfyrwyr, ffermwyr. Dynion o bob oed. Llawer yn eu harddegau. Almaenwyr. Natsïaid. Llofruddion. Milwyr. Ffermwyr. Siopwyr. Jerries. Germans. Dynion. A finna'n gweld y cyfan yn eu gwynebau wrth iddyn nhw ymlwybro heibio yn eu cannoedd, yn eu miloedd. Milwyr. Llofruddion. SS. Natsïaid. *Hitler* blydi *youth*. Myfyrwyr, masnachwyr, pobyddion, ffermwyr, dynion. Hen ddynion. Dynion canol oed. Plant. Pum mil o garcharorion, myn uffar i. Pwy fydd yn porthi'r pum mil yma?

A'r cnwd arall hwnnw. Do, do, do. Pan fu'n rhaid i ni fynd drwy'i ganol o ar ôl i'r cyfan ddistewi. Sgowtio ac asesu. Rhodio Glyn Cysgod Angau. Y Falaise Gap.

Ar ôl i'n gynnau a'n hawyrennau eu sielio, eu bomio, eu dryllio a'u darnio. *That's the remains of the German Seventh Army, men. Fifteen divisions. Destroyed. I need you to go and have a look.* Deng mil o feirwon. Deng mil yn porthi pryfed, yn porthi brain, yn porthi moch. *I need you to go and have a look.* A minna'n ista'n yn y tyret, galwai Cadfan o sêt y gyrrwr:

'Argian, Lefftenant! Mae o'n drewi!'

'Cad dy lygaid ar y lôn a bydd ddistaw!' Un ufudd oedd o fel arfer, yn wahanol i Ddafydd. Ond nid y tro hwn.

'Ond mae o'n drewi, Lefftenant! Argian fawr! Dwi isio cyfogi.'

'Rho rwbath dros dy geg. A cad dy lygaid ar y blydi lôn. Mae yna *ordnance* heb ffrwydro ym mhob man. Dwi ddim isio i chdi redag dros rwbath a'n chwythu ni i gyd i ebargofiant.'

'Ond mae o'n *drewi*, Lefftenant, yn *drewi*!'

Deng mil o feirwon, deng mil o gyrff dynol, i gyd yn pydru, llawer wedi'u llosgi hefyd. A cheffylau. Tirwedd hunllefus: tanciau a cherbydau o bob math, gynnau a gwahanol fathau o offer, dynion a cheffylau – popeth wedi'i droi'n sbwriel. Rhai'n gyfan, rhai'n ddarnau. Darnau o fetel wedi'u plygu a'u troi – cerbydau amhosib eu hadnabod. Cyrff yn gyfan, cyrff wedi'u darnio, darnau o gyrff amhosib eu hadnabod. Coed wedi'u llosgi, eu sgerbydau llwm yn sefyll fel polion teligraff duon. Coed a chyrff a metel yn gymysg i gyd, wedi'u llosgi a'u troi'n domen sbwriel ddu. Nifer o danciau – Panther, Tiger a'r holl enwau hurt eraill roddodd y Natsïaid ar eu cerbydau rhyfel – yn gyfan, fwy neu lai, ond wedi'u llosgi'n ddu. Cyrff duon yn hongian o'r hatshys. Siapiau dynol, wynebau fel golosg. Ambell gorff yn fonyn yn unig, y pen a'r breichiau wedi'u llosgi'n ddim. Ond corff yr un fath, croen fel golosg. Uffar o beth, hogia – marw fel'na. Llosgi'n fyw, hogia. Uffar o beth.

A'r cnwd o hogiau ifainc.

Deugain a rhagor ohonyn nhw'n gorwedd ar draws y lôn, i gyd yn ifainc, i gyd wedi'u consgriptio'r un pryd i'r un cwmni, mae'n rhaid. Deugain a rhagor: heb eu llosgi, heb eu chwythu'n ulw gan y bomiau. Roedd un neu ddwy o'r awyrennau bychain, y *fighter-bombers*, wedi'u dal mewn man agored ar y lôn ac wedi'u streffio. Wedi'u saethu â pheirianddrylliau mawr yr awyrennau. *Fifty-calibre machine-guns, lads. They do a lot of damage. Cut 'em up like cheese, boys.* Eu medi fel gwair. Deugain a rhagor ohonyn nhw'n gorwedd ar draws y lôn. Rhai wedi syrthio'n domen o gyrff, eu breichiau a'u coesau wedi'u plethu ynghyd. Coesau wedi'u plygu mewn ffyrdd na ddylai coesau gael eu plygu. Ambell goes yn rhydd, ambell fraich yn rhydd. Tyllau mawr hyll ym mhob man, a'r lôn yn ddu gan hen waed. Llawer o'r cyrff wedi'u hanffurfio, ond gallai weld llawer o'r wynebau.

Roeddynt wedi chwyddo a throi'n lasddu, ond wynebau oeddynt. Unigolion. Pob un yn ifanc; go brin bod yr un ohonyn nhw dros un ar bymtheg. Cnwd o hogiau. Cnwd o blant. A'r drewdod. Arfderydd.

'Be dach chi isio imi neud, Lefftenant?'

Llais Cadfan. Roedd wedi stopio'r Humber, ond heb ddiffodd yr injan. Gallai Robert glywed yr injan, teimlo calon y cerbyd yn curo o dano. Dyna fo, yr Hen Gyfaill, dyna fo. Mi awn ni mewn munud. Eisteddent yno, ill tri – tri dyn yn eistedd mewn cerbyd yn syllu ar dagfa o gyrff. A thri Humber arall – gweddill ei *section* o – mewn rhes y tu ôl iddynt. Pob un wedi stopio, pob injan yn troi drosodd yn araf. Yr unig sŵn: tswnc-tswnc-tswnc. Pedair injan yn troi drosodd, yn curo'n araf. A'r drewdod yn boddi ogla'r mwg, yn boddi ogla ecsôst y pedwar Humber.

'Lefftenant? Be dach chi isio imi neud?'

> Ateba fo. Ateba fo. *Concentrate on the task at hand.* Ateba fo. *They move on your orders. Yours.* Ateb. Mae isio ateb. *An officer who stalls in the field can be deadly.* Ateba fo. *Assess, think, decide, order. Be decisive.*

'Lefftenant? Dach chi isio imi stopio a'u symud nhw?'

> *They move on your orders. Yours.* Ateba fo. Mae isio ateb, ateba fo. *An officer who stalls in the field can be deadly.* Ateba fo. *Assess, think, decide, order. Be decisive.*

'Dach chi isio imi drio mynd o'u cwmpas nhw? Dwi ddim yn leicio golwg y ffosydd ar yr ochrau chwaith. Dach chi isio imi fynd drostyn nhw? Lefftenant?'

'Ymlaen, *Private*, ymlaen.'

Ac ymlaen â nhw: rhefru'r injan yn cystadlu a sŵn y crenshian a'r clecian a'r slochian o dan yr olwyion. Trwy a thrwy a thrwy.

Paid â sbio, paid â sbio, paid â sbio. Cyrff yn symud, yn dawnsio o dan y cerbyd. Coesau'n cicio, yn dod yn fyw o dan yr olwynion. Ambell wyneb i'w weld yn glir. Pob un yn ifanc; go brin bod yr un ohonyn nhw dros un ar bymtheg. Paid â sbio, paid â meddwl amdano fo. Paid, paid, paid. Does ganddyn nhw ddim hawl arnat, dwyt ti ddim yn perthyn i'w byd nhw.

Bedwen, onnen, gwernen, derwen. Afallen, bêr ei changhennau. Dŵr y nant. Berw a brithyll, danadl ac ysgaw.

26

Mynd, mynd, mynd: cerddai'n gyflym drwy'r goedwig. Ni faglai'r gwreiddiau ei draed ac nid oedd arno ofn y cysgodion. Gwyddai y gallai deithio'n gyflymach pe bai'n gadael cysgod y coed a theithio fel yr hed y frân, ond byddai hynny'n golygu wynebu'r tiroedd agored – croesi buarth ffarm, troedio gardd tyddyn. Cadwai yn hytrach at y llwybrau llaith o dan y canghennau. Symudai'n hyderus yng nghysgod y coed; roedd yn symud mewn gwyrdd.

Ond daeth at gae y gwyddai nad oedd modd ei osgoi, tir agored y byddai'n rhaid ei groesi. Oedodd. Dechreuodd bryderu. Llechai yn y cysgodion am yn hir cyn symud. Ac yna cymerodd gam . . . a dau . . . a thri drwy'r rhedyn. Stopiodd. Aeth i'w gwrcwd. Arhosodd. Gwrandawodd. Cododd a cherdded yn araf wysg ei gefn yn ôl at odre'r coed.

> Dos, dos, dos. *Be decisive: gather information, assess the situation, decide. And when you move, move.* Dos, dos, dos. *All clear, no enemy presence detected, but danger possible all the same.* Dos, dos, dos. *Move in amber.*

Rhedodd drwy'r rhedyn yn ei gwrcwd gan sicrhau nad oedd ond ychydig o'i ben yn dangos uwchben bysedd hirion y dail hir, cwrs. Arafodd wrth i'r rhedyn deneuo ac yna bu'n rhaid iddo stopio'n gyfan gwbl a mynd ar ei bedwar. Edrych. Gwrando. Gwylio. Neb.

> Dos, dos, dos. *All clear. Move. Move in amber.* Dos.

Rhedodd ar draws y cae. Roedd defaid wedi pori'r gwair

yn fyr ac nid oedd dim i'w rwystro ond ychydig o ysgall. Rhedodd yn rhy agos at un ohonynt a theimlodd y dail miniog yn brathu'i goes. Cyrhaeddodd y clawdd. Draenen ddu, ysgawen, ambell onnen. Swatiai yng nghysgod y clawdd yn astudio'r cae yr ochr draw iddo. Rhedyn. Ysgall. Neb. Camodd drwy'r rhedyn ac yna rhedodd eto. Roedd y cae hwn ar lechwedd – roedd yn rhedeg i fyny llethr. Cyrhaeddodd y pen pella a'i wynt yn ei ddwrn. Clawdd cerrig a phridd, draenen ddu yma ac acw. Roedd y cae nesaf yn fawr; ymroliai i fyny'r llethr at wal gerrig foel ar ael y bryn. Neb. Gwyddai fod ganddo lawer o dir agored i'w groesi ar ôl y wal hefyd. Gwyddai na fedrai redeg yr holl ffordd.

Dos. Neb o gwmpas. Dim arwydd: neb. Dos.

Cerddodd ar draws y cae. Dim ond ysgall. Ceisiai gadw'i lygaid ar y wal, ar ael y bryn, ond daeth at un ysgallen a oedd yn fwy na'r lleill. Bu'n rhaid iddo stopio, plygu i lawr a'i hastudio. Dail miniog gwyrdd tywyll yn ymestyn yn gyllyll bychain i bob cyfeiriad ac ychydig o flodau piws. Estynnodd ei fys a chyffwrdd â'r blodyn agosaf. Meddal – meddal fel bol cath fach.

'Braf ar y Scots.'

Yr *officers' mess* ddiwedd Chwefror cyn ymadael â Phrydain. Roedd Ned wedi gosod tair cenhinen ar y bwrdd wrth eistedd i lawr, fel pe bai'n disgwyl i'r tri ohonynt eu bwyta'n bwdin ar ôl eu cinio. Cododd Sam un ohonynt a'i hastudio. 'Braf ar y Scots.'

'Cau dy ben, y llipryn anniolchgar.' Cipiodd y Ned y llysieuyn o'i law. 'Mi es i i gryn drafferth i gael y rhain.'

'Yn union – braf ar y Scots. Mae'n haws cael ysgall na chennin. Haws o lawar.'

'Dydi'r Albanwyr ddim yn gwisgo ysgall yn eu capia.' Cododd Robert un o'r cennin eraill a'i hysgwyd fel bys cyhuddgar o dan drwyn Sam. 'Dychmyga faint fydda hynna'n pigo.'

'Ydyn, maen nhw'n gwisgo ysgall. Dwi wedi'u gweld nhw.'

'Bathodyn, ella, nid ysgallen go iawn, y pen rwdan.' Rhoddodd Robert y genhinen ar y bwrdd yn ymyl ei blât ac amneidio ar Ned wrth godi fforcaid o fwyd. 'Diolch am fynd i'r fath drafferth. Mi wisga i hi yfory gyda balchder.'

'A finna, Ned. Diolch.' Sam, a thinc cymodlon yn ei lais.

> Doedd Sam ddim yr un fath ar ôl Falaise. *Yes, sir, three carriers lost, sir.* Ond dyna fo: pwy sy yr un fath? Aeth ymlaen yr un fath, yn'do? Do, do, do. Trwy a thrwy a thrwy. Ymlaen o'r Seine i'r Somme. Y cwffio ger Les Andelys. Ger Moorsele. Dros y Rhein ac ar hyd y lôn. Ringenberg-Bocholt, ar dir yr Almaen. Arfderydd. Llachar cyflafar cyflafan. Faint laddwyd? Cymaint ag yn Falaise? Cymaint ag yn Moorsele? *No casualties, sir, nothing to report*. Faint?

Ac yntau wedi croesi'r cae a dringo'r wal gerrig ers sbel, roedd bellach yn brasgamu dros gorsydd yr ucheldir. Brwyn. Plu'r gweunydd. Ambell garreg lwyd yn ffurfio ynys fechan yn y gwyrddni. Ambell dwmpath grug. Daliai flodyn yr ysgallen rhwng ei fys a'i fawd. Teimlai'r poen o hyd yn ei fysedd: ôl brathiad y dail miniog.

> Faint laddwyd ar lôn Ringenberg–Bocholt? *No casualties to report, sir*. Faint? Ond mi welis i o – y panzer. Un o'r rhai isel, un o'r bastads bach, un o'r SPGs isel. *Low profile, men. Not much silhouette, easy to hide. Watch out for those bastards.* Ond mi welis i o, y bastad, wedi'i guddio â darnau brwgaets, yn cuddio yng nghysgod y clawdd ar gornel y lôn. Cuddio mewn gwyrddni, y bastad. Mi welis i o. Welodd Cadfan o? Dafydd? Mi saethodd cyn i mi gael cyfla i agor 'y ngheg. Y bastad bach. Cyn i mi gael cyfla i feddwl.

Do, y bastad. Do, do. Faint laddwyd? Cymaint ag yn Les Andelys, cymaint ag yn Moorsele? Cymaint â'r cnwd ifanc, yr Almaenwyr ifainc wedi'u taenu ar hyd y lôn? Lôn arall oedd honno. Do, do, do. Faint laddwyd? Dim llawer. Dim llawer o neb. *None to report, sir.* Ond Arfderydd yr un fath. Fy Arfderydd i. Yr un fath. Pam dwi ddim yn gwbod? Pam, pam, pam? Mi welis i o, y bastad, ac mi saethodd. Do, do, do. Y rhwygo cyflym ac yna'r llosgi. Dwylo'n fy llusgo o'r cerbyd. Yr hen gyfaill ar dân. Yn farw. Blydi bastad Arfderydd. Poen. Dwylo'n tynnu nillad, cusan yr awyr ar 'y nghroen. Rhagor o boen. Faint laddwyd? Dafydd. Cadfan. Do. Mae'n rhaid. Ar ôl y rhwyg. Ar ôl y ffasiwn rwyg. A'r cerbyd ar dân. Dim casiwaltis, dim. Do, do, do – y ni oedd y cynta. Y ni oedd y casiwaltis, y ni, y cynta. A'r ola? Does wybod. Y ni, yn arwain, a'r cerbydau eraill y tu ôl i ni. Mi welis o, do. Y rhwyg. A'r tân. Y diwedd. Llachar cyflafar cyflafan.

* * *

Creigiau a grug yn tyfu'n drwch, y blodau'n biws. Piws fel y blodyn yn ei law. Cerddai i lawr y llethr serth, weithiau'n neidio o graig i graig pan fyddent yn codi'n ynysoedd bychain, ac weithiau'n rhyw lithro-sgrialu i lawr y tir anwastad. Daeth at glogwyn a bu'n rhaid iddo droi a cherdded ar ei hyd am ychydig cyn cael hyd i'r llwybr. Yna rhagor o lithro a sgrialu, cerrig mân yn symud o dan ei draed. Un griafolen fechan yn tyfu yn ymyl y llwybr.

Berw dŵr yn afrlladen, te danadl yn win,
  dŵr y nant i'm bedyddio.
Ysgallen a grug dan draed – ymdaith y gwylltion.
Addewid criafolen.

Grug. Eithin. Draenen ddu fechan. Dwy, tair, pedair

ohonynt. Nid oedd y llethr mor serth bellach. Cerddai'n sicr ei droed.

Ac yna daeth i'r goedwig, rhisgl gwyn y bedwenni'n ei groesawu. Bedwen, onnen, gwernen, derwen. A'r afallen, bêr ei changhennau. Coedwig, a honno'n wahanol i'r coedwigoedd eraill yr oedd wedi'u tramwyo yn ystod ei ymdaith. Coedwig, a honno'n gyfarwydd.

27

'Dos, Gwen.'

Eisteddai'i mam yn ei gwely mewn nyth o glustogau. Safai Gwen yn ei hymyl, yn dal hambwrdd a phlât gwag a chwpan hanner llawn arno. Symudai'i llygaid o'r te oer yng ngwaelod y gwpan at wyneb ei mam.

'Dwi isio bod efo chi, Mam.'

'Mi wyt ti efo fi, nghariad i. Ond dwi am gysgu 'wan. Dos am dro, mi neith les ichdi. A chym dy amsar – mae'n braf heddiw. Mi ddest ti'n ôl ar ôl rhyw bum munud ddoe. Cyn imi gael cyfla i gysgu hyd yn oed. Cym dy amsar heddiw. Mi neith les ichdi.'

'Ond dwi 'mond yma ers echdoe, Mam, a dwi isio bod efo chi. Dwi yma i edrych ar eich ôl chi. Dach chi'n gaeth i'r tŷ 'ma ar hyn o bryd, a dwi ddim isio'ch gadael chi ar eich pen eich hun. Dyna *pam* dwi yma – i edrych ar eich ôl chi.'

'Ac mi *wyt* ti'n edrych ar f'ôl i, Gwen. Dos. Mi fydda i'n iawn. Dwi isio cysgu rŵan. Ddeudodd y doctor y dylwn i gysgu cymaint â phosib, yn'do? Dos. A chym dy amsar y tro yma.'

'Ond be os dach chi'n deffro? Be os dach chi isio rwbath?'

'Fydda i ddim. Fel deudis i, mi fydda i'n cysgu. Dos.'

'O'r gora, 'ta. Ond dwi am olchi'r rhain gynta.'

* * *

Dyma gariad . . .

Cerddodd dan ganu hoff emyn ei thad.

'Dyma gariad fel y moroedd . . .'

Roedd ganddi lais cryf, da, ond sugnai'r coed y sain, y boncyffion mwsoglyd yn tawelu'r nodau clir wrth eu cofleidio, y gân yn suddo'n ddistaw i'r ddaear laith.

'Tosturiaethau fel y lli . . .'

Troediai'r llwybr cyfarwydd yn ysgafn; nid oedd arni ofn y cysgodion. Brithai golau'r lleuad y llwybr ond nid oedd arni hi angen y cymorth hwn. Cerddai'n reddfol, yn teimlo'r ddaear â'i thraed yn hytrach na'u harwain â'u llygaid.

'Twysog bywyd pur yn marw,
Marw i brynu'n bywyd ni . . .'

Roedd bron â chyrraedd y llannerch. Nid oedd gwead y canghennau mor dynn yno; deuai rhagor o olau drwy'r plethwaith byw uwch ei phen. Gallai weld rhisgl gwyn y bedwenni'n disgleirio yng ngolau'r lleuad.

'Pwy all beidio â chofio amdano?
Pwy all beidio â thraethu'i glod?'

Nid oedd y ddaear mor llaith yma ac nid oedd llawer o foncyffion mwsoglyd i lyncu'r sain. Atseiniai'i chân yn uwch ac yn uwch.

'Dyma gariad nad â'n angof
Tra bo nef. . .'

Camodd i'r llwybr o'i blaen: drychiolaeth. Côt wlân fawr, a honno wedi'i rhwygo mewn mannau. Golau'r lleuad yn disgyn ar ei sgidiau trymion, y careiau wedi'u datod. Golau ariannaidd y lleuad ar ei wyneb: gwallt blêr tywyll dros ei glustiau, locsyn browngoch, trwchus. Trwyn cam. Clytwaith o linellau coch a phiws yn ymestyn fel gwe pry cop dros un foch. Pefriai'i lygaid yng ngolau'r lleuad.

Adnabu'r llygaid.

Cymerodd gam tuag ato. Cymerodd yntau gam tuag ati hi. Agorodd ei geg. Siaradodd:

'Mi welis i chdi.'

Adnabu'r llais.

'Robert?'

'Mi welis i chdi. Ddoe. Yn fan hyn.'

'Robert!'

Neidiodd ato a'i gofleidio, ei wasgu tuag ati. Ni symudodd o ddim. Safai yno'n lletchwith, ei freichiau'n hongian yn llipa wrth ei ochrau, ond ni symudodd o'i breichiau. Gwasgodd hithau o'n dynnach. Ogla anifeilaidd anghyfarwydd, gwlân cwrs ei gôt yn rhasglo'i boch, a honno'n wlyb gan ddagrau.

Buont felly am yn hir, yn cofleidio mewn tawelwch, ei breichiau hi'n ei wasgu'n dynn a'i freichiau yntau'n hongian fel pe baent yn ddiffrwyth. Yna cymerodd hi hanner cam yn ôl a chydio yn ei ddwylo: croen caled, ewinedd hirion. Syllodd ar ei wyneb.

'Robert. Be ddigwyddodd i chdi? Ble wyt ti wedi bod? Be sy wedi digwydd i chdi?' Cododd ei llaw i anwesu'i wyneb ond tynnodd yntau o'i gafael a chamu'n ôl.

'Robert?'

Cymerodd o gam arall yn ôl, wysg ei gefn.

'Robert? Wyt ti'n fy nabod i?'

'Mi welis i chdi yma ddoe. Cyfiawnder pur a heddwch yn cusanu euog fyd, ac mi welis i chdi yma ddoe.'

Cymerodd hi gam tuag ato. Ni symudodd o.

'Robert. Robert. Wyt ti'n fy nabod i?' Cymerodd gam arall tuag ato, codi'i llaw dde a chydio yn ei law chwith.

'Gwen sy 'ma, Robert. Dy chwaer. Dy chwaer, Robert. Dy *chwaer*?'

Edrychodd yntau ar eu dwylo, ei llaw hi'n gafael yn ei law

o. Heb godi'i lygaid, gwasgodd ei llaw hi'n dynn, dynn. Siaradodd.

'Fy unig chwaer. Sy'n drysor i mi.'

28

'Deuthum i atat i adrodd.'

'Do, Robert, mi ddeudist ti hynna ddoe. Ac echdoe.'

Deuai Gwen i chwilio amdano ddwywaith bob dydd ers y noson honno. Byddai wedi hoffi dod yn amlach, ond byddai eu mam yn dechrau holi a phoeni pe bai Gwen yn treulio rhagor o amser yn y goedwig. Un o'r ychydig bethau a ddywedodd ei brawd y noson gyntaf honno oedd gofyn iddi addo na fyddai'n sôn amdano wrth neb. Neb – gan gynnwys eu mam. Gwyddai ei bod hi'n addewid na fedrai mo'i thorri. Dywedai'i lygaid gymaint â hynny: pan edrychai hi i'w lygaid, gwelai olwg anifail gwyllt ar fin troi a ffoi. Roedd arni hi ofn yr olwg honno, golwg a awgrymai y gallai hi ei golli i'r goedwig am byth pe bai hi'n ei fradychu y mymryn lleiaf.

'Deuthum i atat i adrodd.' Ychydig iawn yr oedd wedi'i ddweud ers y noson gyntaf ar wahân i'r geiriau hynny.

'Do, Robert. Do. Mi ddeudist ti hynna.'

Eisteddai Gwen ar garreg wastad yn y llannerch, a golau'r bore'n llifo o'i chwmpas.

Roedd o yn ei gwrcwd yn ei hymyl, ei ddwylo wedi'u plethu a blaenau'i freichiau'n pwyso ar ei gluniau. Hanner ffordd rhwng eistedd a sefyll, fel dyn yn barod i sefyll a mynd, fel anifail yn barod i ffoi ar amrantiad.

Nid oedd wedi dod mor agos â hyn yn ystod y rhan fwyaf o'i hymweliadau. Yn amlach na pheidio byddai'n llechu yng nghysgod y coed ar gyrion y llannerch, yn cerdded yn ôl ac ymlaen fel cath mewn cawell, yn plethu'i ffordd rhwng boncyffion y bedwenni. Weithiau ni fyddai hi'n ei weld o gwbl; deuai ei lais o ddyfnder y cysgodion, a'r llais hwnnw'n ailadrodd yr un geiriau.

'Deuthum i atat i adrodd.'

Nid oedd wedi'i galw wrth ei henw ac nid oedd wedi rhoi arwydd sicr ei fod yn gwybod pwy oedd hi ers iddo ynganu'r gair hwnnw – 'chwaer' – y noson gyntaf honno. Nid oedd wedi gadael iddi gydio ynddo ers y cyfarfod cyntaf hwnnw chwaith. Ond gwyddai hi ei fod eisiau iddi ddod ato. Gwyddai fod arno ei hangen.

'Deuthum i atat i adrodd.'

'Do, Robert. Do. Mi ddest ti ata i.'

'Do, do, do. Mi ddes i atat ti.' Pwysodd ymlaen gan ddisgyn o'i gwrcwd ar ei bengliniau, a'r symudiad yn dod ag o hanner llathen yn agosach ati hi. 'Mi ddes i atat ti.'

'Do, Robert. Ac mi ddes inna atat titha hefyd. Ac mi fydda i wastad yn dod i chwilio amdanach chdi.'

Cododd ei law a chydio yn ei braich, a'i gwasgu'n dyner. Edrychodd hi i fyw ei lygaid a gweld cysgod golwg gyfarwydd – llai o'r anifail gwyllt, ychydig yn rhagor o'r brawd a adnabu. Llithrodd oddi ar ei charreg i'w phengliniau a'i gofleidio. Cofleidiodd yntau hithau, ei gwasgu'n dynn am ennyd, cyn ymddatod a sefyll.

'Mae gen i gymaint i'w ddeud. Cymaint i'w adrodd.'

'Dwi isio clywed y cyfan, Robert. Dwi yma i wrando.'

Dechreuodd gerdded. Cerddai mewn cylchoedd o gwmpas y garreg, ei freichiau'n symud yn ôl ac ymlaen, weithiau mewn rhythm, fel un yn ceisio dirnad curiad cân. Cododd Gwen ei hun ar y garreg eto, ei phen yn troi wrth geisio'i ddilyn: rownd a rownd a rownd. Arafodd ei gamre ychydig. Trodd ei ben a syllu arni, ei ben ar ogwydd, fel ci yn disgwyl am ei fwyd, fel dyn yn ceisio deall darlun. Stopiodd. Gwnaeth ddyrnau o'i ddwylo a'u codi at ei glustiau. Caeodd ei lygaid ac aros felly am ennyd. Yna gollyngodd ei ddwylo a dechreuodd gerdded ei gylchoedd eto. Siaradodd:

'Bûm yn ymdaith gan wylliaid a gwylltion.
Bûm yn cuddio, yn ceisio bedwen ac afallen.
Ac mi adroddaf ef, a gwir fydd.'

Ceisiai guddio'i dagrau, ceisiai fygu sŵn yr igian a gronnai yn ei gwddf.

'Fe ddaw amser ar fy union
I goed yn bell o goed Celyddon.
Fe fydd lleng o foneddigion
yn bwyta dim ond dalan poethion.'

Gwnaeth ddwrn o'i llaw a'i wasgu i'w cheg.

'Ac yn ffoi rhagor treiswyr Prydain
Am ddeng mlynedd a dau ugain.
Fe fydd . . .'

Wylodd yn agored, a'i phen yn ei dwylo. Safai yntau'n llonydd yn syllu arni am yn hir ac yna cymerodd gam tuag ati. Cododd ei phen a syllu arno trwy'i dagrau, gan geisio rheoli'i llais wrth siarad:

'Robert. Dwi ddim yn dallt dim o be wyt ti'n ei ddeud. Dim.' Ysgydwyd hi gan bwl arall o wylo. Tawelodd pan sylwodd ei fod ar ei bedwar yn ei hymyl, fel dyn yn cogio'i fod yn geffyl, yn ceisio dal sylw plentyn. Edrychodd arni'n ymbilgar. Gwenodd hi. Sychodd ei dagrau. Gwenodd yntau.

'Mi fyddi di'n deall.'

Roedd ei lais yn dyner, yn gyfarwydd. Cododd dagrau o fath arall yn ei llygaid.

'Robert.'

'Mi ddes i atat ti i adrodd, atat ti yn unig.'

Buasai arni ofn clywed y geiriau hynny eto, ond gan fod ei lais mor wahanol bellach, ni chafodd yr ymadrodd rhyfedd yr un effaith arni. Nid llais dyn gwyllt oedd yn adrodd y geiriau erbyn hyn ond llais cyfarwydd – llais brawd mawr yn ceisio esbonio rhywbeth i'w chwaer fach.

'Ddes i atat i ddeud mod i isio ymddiheuro.'

'Does dim rhaid i chdi ymddiheuro, Robert. Ty'd yn ôl hefo fi. Mi fydd popeth yn iawn. Ty'd i weld Mam.'

'Na, na, na. Dwi isio ymddiheuro.'

'Am be?'

'Am farwolaeth dy fab. Y fi sy ar fai.'

Mynnodd hi beidio â chredu ei bod hi wedi colli gafael arno eto. Gan fod ei lais mor gyfarwydd, mor gysurlon o gyfarwydd, mynnodd gredu mai tynnu'i choes yr oedd, yn cellwair â hi. Fe'i gorfododd ei hun i wenu.

'Does gen i ddim mab, Robert. Mi wyddost ti hynna'n iawn.'

Gwelodd fod dagrau yn ei lygaid yntau bellach. Roedd cryndod yn ei lais. 'Dwi'n gwbod, dwi'n gwbod. Mae'n ddrwg gen i. Does gen ti ddim mab ac arna i mae'r bai. Mi laddwyd o, ac arna i mae'r bai.'

Roedd yn gynyddol anodd iddi reoli'i llais ac ni allai gadw'r wên ffuantus ar ei hwyneb. Ond ceisiai ymresymu yn hytrach na gweiddi, ymbil yn hytrach na sgrechian.

'Does gen i ddim mab, Robert. Does gen i ddim plant. Mi wyddost ti hynna. Dwi ddim yn briod, hyd yn oed. *Doedd* gen i ddim plant a *does* gen i ddim plant. Dydw i ddim wedi colli mab gan na fuo gen i fab erioed. Erioed, Robert.'

'Ond mi laddwyd mab yn Arfderydd. Do, do, do.'

'Ble mae hynna, Robert?' Roedd o bellach yn ei gwrcwd yn ymyl ei heisteddle ar y garreg, ei ben i lawr, yn syllu ar y glaswellt. Roedd yn dawel. 'Ble mae hynna, Robert?' Ni ddywedodd yntau air. 'Ateba fi, Robert. Ateba fi. Ble mae hynna? Yn Ffrainc?'

Cododd ei ben a dal ei llygaid am ennyd cyn troi a chraffu ar y coed.

'Ble, Robert? Yn Ffrainc?'

'Ffrainc. Gwlad Belg. Yr Iseldiroedd. Ac ar dir yr Almaen. Mi laddwyd llawer o feibion yno. Llawer iawn.'

'Peth felly ydi rhyfel, Robert.'

Symudodd yn araf, gan ddefnyddio'i dwylo er mwyn llithro oddi ar y garreg fesul modfedd, yn araf, nes ei bod hi'n eistedd yn ymyl ei brawd ar y glaswellt. Cododd un fraich yn araf a'i rhoi o gwmpas ei ysgwyddau. Ni symudodd yntau.

'Peth felly ydi rhyfel, Robert. Dydw i ddim wedi gweld y petha rwyt ti wedi'u gweld, ond dwi wedi gweld digon. Hen ddigon.'

Ni ddywedodd o ddim. Symudodd hithau er mwyn eistedd gyferbyn ag o, er mwyn edrych ar ei wyneb wrth siarad. Cododd ei dwylo a chydio yn ei ddwylo yntau.

'Fuost ti yn yr Almaen, Robert? Wyddwn i ddim.'

'Do.'

'Pryd oedd hynna? Mi oeddach chdi'n dal yn Holand y tro diwetha i chdi sgwennu ata i.' Arhosodd yn dawel am eiliad neu ddau. 'Robert? Wyddwn i ddim eich bod chi wedi croesi i'r Almaen.' Gwasgodd ei ddwylo. 'Ond dyna fo, mi ydach chi'n teithio'n gyflym, 'yn tydach?'

'Mynd, mynd, mynd.'

'Ie, Robert. Mynd, mynd, mynd.'

'Trwy a thrwy a thrwy.'

'Mae gen i rwbath ichdi.' Gwasgodd ei ddwylo eto cyn codi a cherdded i ochr arall y garreg. Cododd y pecyn yr oedd wedi'i adael yno: parsel wedi'i lapio mewn papur llwyd a'i glymu â llinyn. Daeth yn ôl, eistedd a gosod y pecyn ar y glaswellt o flaen ei brawd.

'Dyna ni. Un arall heddiw. Rhagor o'i ddillad o. 'Di Mam ddim yn gadael i mi ddod â dy ddillad di. *Rhoi* dy ddillad di, ddylwn i ddeud. Mae'n dipyn o *charade*, 'yn tydi?' Gwenodd â'i llygaid. 'Sbia – mae wedi'i gyfeirio'r un fath â'r lleill.' Rhoddodd ei bys ar y sgrifennu, y cyfeiriad ar y pecyn. 'Ond Mam sy wedi'i neud o'r tro yma. Mae'n awyddus iawn i helpu, er ei bod hi'n wael. Wrth ei bodd efo'r syniad – postio dillad ac ychydig o ddanteithion at y clwyfedigion yn f'ysbyty. Ond nid dy ddillad di, Robert. Mae hi'n mynnu cadw dy ddillad di. Mae yna dorth hefyd. Bara brith. Mam bobodd hi. Yn mynnu helpu, a finna'n ceisio'i chadw yn ei gwely. Ond mae hi'n gwella. Mae hi *wedi* gwella ers i mi ddod adra. Ty'd i'w gweld hi, Robert. Tasa hi 'mond yn gwbod mai *chdi* fydd yn byta'i thorth hi!' Ceisiodd ddal ei lygaid ond roedd yn syllu ar y pecyn, yn astudio'r llawysgrifen gyfarwydd. 'Tasat ti 'mond yn gadael imi ddeud wrthi, Robert.'

'Fedri di ddim. Mi wyt ti wedi addo.'

'Do. Dwi'n gwbod. Ond mi fydda'n rhoi cymint o hapusrwydd iddi, Robert. Dyna ydi'r unig beth mae hi'n dyheu amdano 'wan, yr unig beth mae hi'n gweddïo amdano. Clywed bo' chdi'n fyw. Yr unig beth, Robert.'

'Mi wyt ti wedi addo.'

'Do. Mae'n rhoi rhyw blesar i mi, beth bynnag – a chditha'n byta'r dorth mae hi wedi'i phobi. Hi fuo'n gwnïo hefyd. Y trowsus. Ddeudis i y byddan nhw'n rhy fawr i'r rhan fwya o'r milwyr. Mi oedd Dad wedi twchu dipyn erbyn y diwedd. Er gwaetha'r *rationing*.' Arhosodd yn dawel. 'Dwyt ti ddim yn gwisgo'i grys o. Robert? Mi ddes i ag un o'i grysau fo ddoe. Ble mae o?'

'Mae'n saff gen i.'

'Mi ddylet ti ei wisgo, Robert.'

'Fedra i ddim.'

'Pam?'

'Dwi isio ymddiheuro am hynna hefyd. Dwi ar fai.'

'Am Dad?'

'Dwi ar fai.'

'Paid, Robert. Paid. Dwyt ti ddim ar fai. Nid dy fai di ydi o. Mi aeth ei galon yn y diwadd, ma'n debyg. Doedd o ddim yn ifanc. Ma'r petha 'ma'n digwydd.'

'Ei galon?'

'Ma'n debyg. Ond dyna ni. Mi fydda fo am i chdi wisgo'i ddillad. O dan y fath amgylchiada.' Chwarddodd. 'Ddrwg gen i, ond mae'n syniad rhyfadd. Be fyddet ti'n ei ddeud?' Plygodd yn agosach ato gan lwyddo i ddal ei lygaid. 'Yn ddrychfeddwl? Ia . . . yn ddrychfeddwl od. Rhyfadd ar y naw. Ninna'n cadw hyn yn gyfrinach rhag Mam, a Dad yn rhan o'r holl gêm, yn falch o gael benthyg ei ddillad i chdi.' Chwarddodd eto.

Gwenodd yntau.

'Robert?'

'Ia?'

'Mi wnei, yn gwnei? Mi wnei di wisgo'i ddillad?'

'Gwnaf.'

29

'Robert! Robert!'

Rhedodd i lawr y llwybr.

'Robert!

Daeth at y llannerch, gan arafu wrth gyrraedd y garreg. Safodd yno, yn ymladd am ei hanadl.

'Robert!'

Cododd ei llaw a chysgodi'i llygaid rhag haul y prynhawn. Trodd mewn cylch gan archwilio'r cysgodion ar gyrion y llannerch.

'Robert! Ty'd! Robert!'

Clywodd sŵn – brigau a dail crin yn crenshian dan draed. Trodd i wynebu'r cyfeiriad hwnnw. Tawelwch. Neb i'w weld.

'Robert? Wyt ti yna? Robert?'

'Gen *ti* mae stori i'w hadrodd heddiw.'

Roedd yn cerdded yn araf o'r cysgodion.

'Robert!' Rhedodd ato a gafael yn ei ddwylo. 'Mae'r rhyfel ar ben. Bron ar ben, beth bynnag. Maen nhw'n deud ar y weiarles fod Japan ar fin ildio.' Ceisiodd ddal ei lygaid ond roedd wedi troi'i ben i'r ochr, fel pe bai'n edrych ar y coed. Nid oedd wedi sôn wrtho yn ystod y dyddiau diwethaf am y newyddion mawr, y bomiau annhraethadwy o ddinistriol yr oedd yr Americanwyr wedi'u gollwng ar Hiroshima a Nagasaki; gwyddai na fyddai'r fath fanylion yn gwneud lles iddo. Ond gwyddai y dylai glywed y newyddion hyn. 'Bron ar ben, Robert! Bron ar ben.'

Ni symudodd o ac ni ddywedodd air. Cododd Gwen ei dwylo at wyneb ei brawd a'i anwesu. Symudodd ei bysedd dros y locsyn, y creithiau, y trwyn cam. Teimlodd bob rhan o'i wyneb, fel dynes ddall yn ceisio adnabod rhywun â'i dwylo. Gwasgodd yn ofalus ond yn benderfynol, fel meddyg neu nyrs yn archwilio claf.

'Robert? Wyt ti yna? Wyt ti'n clywed? Mae'r rhyfel bron ar ben.'

Gosododd law agored ar bob boch, blaenau'i bysedd ar ei arleisiau. Gwasgodd yn dyner a throi'i ben ati'n araf, ei blygu i lawr. Gorfododd ei lygaid i gyfarfod â'i llygaid hi.

'Mewn diwrnod neu ddau mi fydd y rhyfel ar ben. Ar ben, Robert. Ar ben.'

* * *

Eisteddai hi ar y garreg. Gorweddai yntau ar ei hyd yn y glaswellt yn ei hymyl, ei wyneb tua'r haul, ei lygaid wedi'u cau. Buasai'r ddau'n dawel am yn hir iawn ar ôl iddi dorri'r newyddion iddo.

'Robert? Ble oeddach chdi pan ddaeth y rhyfel yn Ewrop i ben?'

'Dwn i ddim.'

'Ym mis Mai? Yr wythfed o Fai? Wyt ti'n cofio hynna, 'yn dwyt?'

'Dwn i ddim. Yn yr ysbyty, mae'n rhaid. Un o'r ysbytai. Duw a ŵyr pa un.'

'Gest ti dy glwyfo ym mis Mawrth, yn'do? Yn yr Almaen?'

Roedd o wedi adrodd llawer o'i hanes wrthi yn ystod y dyddiau diwethaf. Fe'i hadroddai fesul tipyn, fel un yn araf agor pecyn wedi'i lapio sawl gwaith drosodd – yn tynnu haen ac yna'n ystyried yr haen nesaf yn ofalus ac yn bwyllog cyn penderfynu'i thynnu. Roedd hi wedi clywed am Falais, am Les Andelys, am Moorsele. Roedd wedi clywed y cyfan y gallai Robert ei gofio am lôn Ringenberg–Bocholt. Ond nid oedd wedi dweud dim o'r hyn a gofiai am y cyfnod ar ôl iddo gael ei glwyfo.

'Ddeudist ti hynny, Robert, yn'do? Dy glwyfo yn yr Almaen?'

'Do, do, do. Ar dir yr Almaen.'

'Tua diwedd Mawrth?'

'Ddiwedd Mawrth.'

'Felly ble oeddach chdi ddechra Mai pan ddaeth y rhyfel yn Ewrop i ben? Mewn ysbyty yn Lloegar, ma'n rhaid.'

'Mi ges i'n symud o le i le. Dwi ddim yn cofio'r rhan fwya ohonyn nhw'n dda iawn.'

'Wyt ti'n cofio ble oeddach chdi cyn . . .' Oedodd ac ystyried. 'Cyn dŵad adra. Mi ddylet ti gofio tipyn go lew am yr ysbyty yna. Mi oeddach chdi wedi mendio'n o lew. Digon da i gerddad, beth bynnag.'

'Mostyn.'

'Moston Hall Military Hospital? Yng Nghaer?'

'Ia. Yn fan'na.'

'Wsti be? 'Di hynna ddim yn bell o le dwi'n gweithio. Meddylia am hynna . . . taswn i 'mond yn gwbod.' Arhosodd ei brawd yn dawel. Roedd wedi troi'i ben fymryn ac agor ei lygaid er mwyn astudio wyneb breuddwydiol ei chwaer. 'Meddylia am hynna – Moston!' Ac yna ciciodd ei goes yn ysgafn â'i throed: 'Robert!'

'Be?'

'Mi gafodd un o'n ffrindiau gora i ei symud i Moston Hall. Alice. Wyt ti'n cofio nyrs o'r enw Alice? Hogan reit dlws – gwallt cyrliog? Coch? O Devon?'

'Dyfnaint.'

'Wyt ti'n ei chofio hi? Alice?'

Caeodd ei lygaid eto. Cododd ei law a'i rhoi ar ei dalcen, ei rwbio fel pe bai'n ceisio lleddfu dolur.

'Rhaid bod eich llwybrau chi wedi croesi. Wyt ti'n ei chofio hi? Alice?'

Siaradodd heb agor ei lygaid; roedd ei law bellach wedi'i hagor, blaenau'i fysedd dros ei lygaid a'r gledr yn gwasgu ar ei drwyn a'i geg, yn mygu sŵn y geiriau.

'Dwn 'im.'

'Be, Robert? Wyt ti'n ei chofio hi?'

Symudodd ei law a'i phlethu â'r llall yn glustog o dan ei ben, ei lygaid wedi'u cau o hyd.

'Dwn i ddim. Dwn i ddim. Dwi ddim yn cofio llawar, a bod yn onest. Dwi 'mond yn cofio un nyrs yn dda, a Chymraes oedd honno.'

'Be am y lleill? 'Dan ni nyrsys yn cael ein symud o un ward i'r llall bob hyn a hyn fel arfer. Os oeddach chdi yna am sbel mae'n rhaid bod nifer ohonyn nhw wedi bod ar dy ward di. Meddylia, Robert. Wyt ti'n ei chofio hi?'

'Dwi ddim yn cofio, Gwen. O ddifri. 'Mond un dwi'n ei chofio, a Chymraes oedd honno.' Ni sylwodd fod ei chwaer wedi neidio ar ei thraed. 'Miriam. Dyna'i henw: Miriam. Hi 'di'r unig un dwi'n ei chofio. Yr unig un i mi dorri gair â hi.'

Synhwyrodd rywbeth ac agor ei lygaid: safai'i chwaer yno a golwg ar ei hwyneb nad oedd o wedi'i weld ers blynyddoedd. Cododd ar ei eistedd a chraffu arni.

'Be sy, Gwen?'

'Fy enw.'

'Ia?'

'F'enw i, Robert.'

'Ia, be amdano fo?'

'Dyna'r tro cynta i chdi ngalw i wrth fy enw. Ers i chdi ddŵad adra.'

'Ia wir? Wel, duwcs, Gwen. Be ydi'r ots? Mi wyt ti'n gwbod mod i'n siarad hefo chdi heb i mi ddefnyddio dy enw, 'yn dwyt?'

'Ia . . . ond . . . wel . . . ia, Robert. Ia.' Disgynnodd ar ei phengliniau yn ei ymyl, â dagrau yn ei llygaid.

'Mi wyt ti wedi crio tipyn yn ystod y dyddia diwetha.'

'Do.' Chwarddodd hi'n dawel drwy'i dagrau. 'Do, Robert, do – mi ydw i wedi crio cryn dipyn yn ystod y dyddia diwetha 'ma.'

Cododd ei brawd ei law a sychu'r dagrau oddi ar ei bochau â'i fawd – yn ofalus, ofalus, fel mam yn sychu dagrau plentyn gyda hances boced.

'Ar ganol 'yn shifft o'n i pan glywis i fod y Jyrmans wedi ildio. Ddechra Mai – pan ddaeth y rhyfel yn Ewrop i ben. Gweithio ar yr *eye ward* o'n i'r adeg honno. Ches i ddim cyfla i sôn wrthach chdi am hynna, naddo?'

'Naddo.'

'Dyna un o'r petha dwi wedi'i fwynhau fwya yn ystod fy holl amser yn yr ysbyty. Dydi *mwynhau* ddim yn air addas, nacdi? Ond mi wyt ti'n gwbod be dwi'n ei feddwl: mwynhau o ran bod y gwaith yn rhoi *boddhad* i mi. Teimlo mod i'n gwneud rhwbath o werth. Mae'r cleifion sy wedi colli'u golwg yn goro' dibynnu arnach chdi am bopeth ar y dechra. Mae'n gas gen i gyfadda hynna, mewn ffordd, ond mae tendio ar rywun sy angan help gyda phob dim yn rhoi boddhad anghyffredin i nyrs. I'r nyrs yma, beth bynnag. Ac yna maen nhw'n dechrau dysgu'n ara deg. Dechrau cynefino efo amgylchiadau'u bywydau newydd nhw. Ac mae bod yn rhan o hynna i gyd, eu helpu trwy'r cyfnod yna, yn waith sy'n rhoi boddhad mawr imi.' Edrychai arno wrth siarad a nodi'i fod yn dilyn y sgwrs yn ofalus. 'P'run bynnag. Yno ar yr *eye ward* o'n i pan ddaeth y newyddion fod y rhyfel yn Ewrop ar ben. Drefnon ni barti a hanner. Mae dawnsio hefo dyn dall yn brofiad . . . wel . . . yn brofiad nad ydi merch yn meddwl amdano, rywsut – profiad na fydda hi'n disgwyl ei gael yn ystod ei bywyd. Ac mi fues i'n dawnsio efo dwsin ohonyn nhw'r noson honno. Dynion dall. Milwyr dall. Dwsin ohonyn nhw – drosodd a throsodd. I be bynnag oedd ar y weiarles. Aeth y parti ymlaen ac ymlaen. Debyg ein bod ni wedi torri'r rhan fwya o reolau'r ysbyty'r noson honno.'

Roedd ei brawd yn dawel o hyd, ond roedd yn gwenu.

'Rhaid bod yna rywbeth tebyg yn Moston Hall, Robert. Dwi ddim yn cofio cael cyfla i drafod y peth hefo Alice, ond rhaid bod yna barti yno hefyd. Rhaid bod pawb ym mhob man yn dathlu.'

Tawelwch.

'Mi fydda rhywun yn cofio peth felly, Robert. Mi ddylet ti gofio.'

'Dydw i ddim, Gwen.' Y tro cyntaf iddo godi'i lais ers iddynt gyfarfod yn y goedwig. Llais blin. Diamynedd. Llais plentyn wedi alaru; llais plentyn ar fin ffraeo'n gas â'i chwaer. Ysgydwodd ei ben yn ôl ac ymlaen nifer o weithiau. Trodd ei ben ar ogwydd ac edrych ar y coed. Ar ôl bod yn dawel am funud, siaradodd eto – yn dyner y tro hwn, ei lais yn crynu fel un ar fin wylo: 'Dydw i ddim, Gwen. Dydw i ddim. Dwi ddim yn cofio.'

'Ddeudodd Mam fod y gweinidog newydd wedi cynnal gwasanaeth teilwng iawn.'

'Be?'

'Ddechra Mai – pan ddaeth y rhyfel yn Ewrop i ben. Ddeudodd Mam fod y gweinidog newydd wedi gneud joban reit dda. Gwasanaeth teilwng, urddasol iawn.'

'Ydi o'n dda?'

'Y gweinidog?'

'Ia. Sut un ydi o?'

'Mae o'n frwdfrydig iawn. Llawn ewyllys da. Mae'n trio'n galed, wsti. Yn awyddus i afael yn y swydd.'

'Fydd o'n pregethu ar Nebuchodonosor weithia?'

'Be?'

'Y cyw gweinidog yna – fydd o'n pregethu ar Nebuchodonosor weithia?'

'Am gwestiwn! Dwn i ddim, wir. Dim ond cwpwl o'i bregetha fo dwi wedi'u clywad. Dydi o ddim yn hollol at fy nant i fel pregethwr, chwaith, ond dyna fo. Mae o'n trio'n galed.'

'Wnath ein tad ni rioed bregethu ar Nebuchodonosor.'

'Naddo, siŵr.' Roedd hi'n ceisio cuddio'i phryder, yn ceisio mygu'r ofn oedd yn codi ynddi. Ceisiodd wenu. Ceisiodd chwerthin. 'Dwi ddim yn credu y byddai'n ddoeth i'r un gweinidog lunio pregeth ar y testun yna.'

'Pam?' Roedd ei lais o'n ddifrifol, yn fyfyrgar.

‘Yr enw, yndê!’ Ceisiodd Gwen ysgafnhau’r sgwrs. ‘Mae’r enw’n gymint o lond ceg. Digon i faglu’r pregethwr gora a difetha’i bregath.’

Safodd ei brawd a dechrau cerdded. Camai’n araf ac yn bwyllog yn ôl ac ymlaen ar draws y llannerch. Dechreuodd lefaru, ei ddwylo’n symud yn rhythmig i guriad y brawddegau.

‘Nebuchodonosor, brenin Babilon, a wnaeth yr hyn oedd ddrwg yng ngolwg yr Arglwydd.’

Roedd Gwen yn gobeithio ar y dechrau mai ceisio cellwair yr oedd yntau hefyd, cymryd arno, fel plentyn yn dynwared dull un o’r hen weinidogion yn mynd i hwyl. Ond nid oedd arlliw cellwair ar ei lais.

> ‘Cyflawnwyd y gair ar Nebuchodonosor, a gyrrwyd ef oddi wrth ddynion, a chyda bwystfilod y maes y bu ei drigfa. Porodd wellt fel gwartheg y maes a gwlychwyd ei gorff ef gan wlith y nefoedd, hyd oni thyfodd ei flew ef fel plu eryrod, a’i ewinedd fel ewinedd adar.’

Safodd hithau er mwyn dal ei sylw, a holl ystum ei chorff – wrth iddi sefyll yno’n chwithig yn ymyl y garreg – yn bradychu’i hymdrech i siarad yn ddidaro.

‘Dwi ddim wedi dy glywad di’n dyfynnu’r Sgrythur ers blynyddoedd. Ac am adnod i’w dysgu!’

Roedd o wedi cyrraedd cyrion y llannerch a throdd ar ei sawdl ond ni pharhaodd i gerdded y tro hwn. Safodd yno, cysgodion y coed yn disgyn dros ei wyneb.

‘Mae’n fwy nag adnod, Gwen. Mwy o lawer.’

Cymerodd hi gam tuag ato.

‘Siŵr iawn, Robert. Ond mae’n ddarn rhyfadd yr un fath.’

‘Mi gyflawnwyd y gair ar Nebuchodonosor, wel’di. Ac yntau’n frenin Babilon, ar ben ei ddigon, ond mi yrrwyd ef oddi wrth ddynion am wneud yr hyn oedd ddrwg yng ngolwg yr Arglwydd.’

‘Esgob annwyl, Robert, dwyt ti ddim yn . . .’

'Bu ei drigfa gyda bwystfilod y maes, yn pori gwellt, a gwlith y nefoedd yn gwlychu'i gorff. Tyfodd ei flew a'i ewinedd. Am wneud yr hyn oedd ddrwg. Mi yrrwyd ef i fyw gyda'r bwystfilod.'

'Robert. Robert. Dwyt ti ddim yn credu hynna? I be wyt ti'n rwdlan am hynna?'

Camodd yntau ati. Cododd ei law fel pe bai am gydio yn ei llaw neu'i braich ond newidiodd ei feddwl. Eisteddodd ar y glaswellt yn ymyl y garreg. Eisteddodd hithau. Cododd ei wyneb i'r haul gan gau'i lygaid wrth siarad, ei lais yn gyfarwydd, llais brawd yn trafod rhywbeth cymharol ddibwys â'i chwaer.

'Dydi credu ddim yn bwysig, Gwen.'

'Nacdi, Robert?'

'Dydi gwirionedd y stori ddim yn bwysig – dyna dwi'n ei feddwl. Nid hanes ydi o. Dydi o ddim o bwys ydi'r ffeithia'n gywir neu beidio.'

'Nacdi?'

'Nacdi. Y neges sy'n bwysig. Y neges, Gwen.'

'A be ydi'r neges, Robert?' Difarodd yr eiliad y daeth y geiriau hynny o'i cheg. Ond gan ei bod hi mor awyddus i barhau â'r sgwrs, i beidio â cholli gafael ar y cywair cyfarwydd a oedd wedi'i sefydlu rhyngddynt eto, roedd wedi mynd gyda llif naturiol y drafodaeth.

'Yn ôl y ffordd dwi'n ei gweld hi, mae'r neges yn wahanol i'r hyn sydd ar yr wyneb.' Rhyddhad: yr un llais cyfarwydd, llais ei brawd yn egluro, yn darlithio iddi.

'Sut felly?'

'Mi ddaeth Nebuchodonosor o'r anialwch yn y diwadd.'

'Do?'

'Do.' Ochneidiodd. Anadlodd yn ddwfn. 'Do, do, do.'

'Do?'

'Do. Mi edifarhaodd. Mi ddyrchafodd ei lygaid tua'r nefoedd, bendithiodd yr Arglwydd a'i foliannu, ac mi ddaeth ei bwyll yn ôl iddo. Mi gafodd ddychwelyd o'r anialwch.'

'Rhaid i mi gyfadda – dwi ddim yn cofio'r stori.'

Siaradodd heb agor ei lygaid. Er iddo godi'i lais fymryn wrth lefaru, arhosodd y tinc cyfarwydd. Llais brawd yn darlithio i'w chwaer:

> 'Yr awr hon myfi Nebuchodonosor ydwyf yn moliannu, ac yn mawrygu, ac yn gogoneddu Brenin y nefoedd, yr hwn y mae ei holl weithredoedd yn wirionedd, a'i lwybrau yn farn, ac a ddichon ddarostwng y rhai a rodiant mewn balchder.'

'Ond, Robert – nid y chdi ydi o.' Agorodd ei lygaid. Syllodd arni. 'Nid y chdi ydi o. Nebuchodonosor. Nid y fo wyt ti.'

'Naci.'

'Ond pam wyt ti'n siarad fel'na?'

'Be wyt ti'n feddwl?'

'Pam deud *myfi Nebuchodonosor* ac *ydwyf yn gogoneddu* a be bynnag arall? Nid y fo wyt ti.'

Chwarddodd – brawd mawr yn chwerthin am ben anwybodaeth ei chwaer fach. Plygodd yn nes ati, codi ei law a rhoi hergwd bychan iddi.

'Naci, naci, naci, y gloman wirion. Fel yna mae o. Yn y Beibl. Dyfynnu o'n i: "Myfi Nebuchodonosor ydwyf yn moliannu, ac yn mawrygu, ac yn gogoneddu Brenin y nefoedd." Fel yna mae'i stori o'n dirwyn i ben. Fel'na mae'n gorffan.'

'Wela i.'

'Nid Nebuchodonosor ydw i.' Roedd ei lais yn ddifrifol eto, yn fyfyrgar. 'Dydw i ddim byd tebyg iddo fo.'

'Diolch i'r drefn am hynna!' A hithau'n chwerthin y tro hwn – chwerthiniad iach, diffuant.

'Eto, taswn i'n dal i gredu yn Nuw, mi fyddwn i'n cytuno efo Nebuchodonosor mewn un peth.'

Difrifolodd Gwen. 'Be wyt ti'n feddwl?'

'Taswn i'n credu yn Nuw mi fyddwn i'n deud yng ngeiriau

Nebuchodonosor fod ei lwybrau ef yn farn.' Roedd dagrau'n cronni yn ei lygaid. Caeodd nhw a throi'i wyneb i'r haul eto. 'Yn farn, Gwen. Yn farn.'

Rhedodd y dagrau i lawr ei fochau. A hithau'n eistedd yn agos ato, sylwodd Gwen fod rhai o'r dafnau yn rhedeg ar hyd ei greithiau, y llinellau piws a choch yn llwybrau a arweiniai'r dagrau o'i lygad i'w locsyn. Cododd ei dwylo a sychu'i lygaid a'i fochau. Siaradodd yn ddistaw, bron yn sibrwd.

'Ond dwyt ti ddim yn credu yn hynna. Ac fel deudist ti – nid y fo wyt ti.'

'Naci, naci. Dydw i ddim yn debyg iddo fo. Dyna pam dwi'n deud mod i'n gweld y neges yn wahanol.'

'Y neges?'

'Ia. Neges y stori. Y ffordd dwi'n ei darllan hi. Ar yr wyneb mae'n deud ei fod o wedi'i yrru i'r anialwch i fyw gyda'r bwystfilod er mwyn dysgu gwers iddo. Er mwyn ei gosbi am ei bechod a dysgu iddo y dylai ufuddhau.'

'Ufuddhau?'

'Ia, ufuddhau. Derbyn grym Duw. Dysgu mai y fo ydi'r Goruchaf, y fo sy'n llywodraethu. Fatha Job, mewn ffordd, ond bod Nebuchodonosor wedi'i gosbi am ei fod o wedi gwneud yr hyn a oedd yn ddrwg yng ngolwg yr Arglwydd. Mi gafodd Job ei erlid gan Dduw am ei fod yn ddyn cyfiawn. Er mwyn ei brofi. Ond yr un ydi neges y stori yn y diwedd. Ufuddhau, dysgu mai Duw ydi'r Goruchaf, mai y fo sy'n llywodraethu. Dysgu nad oes gan ddyn yr un dewis ond ufuddhau, derbyn y drefn a'i foliannu.'

'Dwi ddim yn dallt, Robert.' Ceisiodd ailafael yn y cywair ysgafn eto. 'Ddylia anffyddwyr ddim ceisio pregethu – dyna'r unig neges!' meddai, gan roi hergwd bychan i'w ysgwyd o. 'Mi wyt ti wedi drysu mhen i'n lân.'

'Na, na, na. Gwranda. Yn ôl y ffordd dwi'n gweld pethau, does dim pwynt ufuddhau i'r math yna o drefn. Pechodd brenin Babilon yng ngolwg Duw. Cafodd ei gosbi, a phan oedd o wedi laru ar fyw fel anifail gwyllt mi ddaeth at ei goed. Mewn ffordd o siarad.' Gwenodd am ennyd cyn difrifoli eto. 'Mi syrthiodd ar ei fai, ildio i'r drefn. Cyfadda a chydnabod. Ac felly mi gafodd ddychwelyd o'r anialwch.'

'Ia?'

'Dwi'n gweld hynna'n daeogaidd.'

'Taeogaidd?'

'Gwasaidd. Di-asgwrn-cefn. Taeogaidd. Mi fydda'n well gen i aros yn yr anialwch am ddeng mlynedd a deugain.'

'Ond roedd brenin Babilon wedi pechu. Yn ôl y stori. Dwyt ti ddim wedi pechu, Robert. Nid y fo wyt ti. Dydw i ddim yn gweld y . . .'

'Dyna'r pwynt. Nid y fo ydw i. Dydw i ddim byd tebyg iddo fo. Gyrrwyd fi i'r anialwch am resymau gwahanol. Ac mi fydda'n well gen i aros yn yr anialwch na syrthio ar fy mhengliniau a chyfadda mai goruchafiaeth Duw ydi'r cyfan, cyfadda mai y fo sy'n llywodraethu, y fo sydd wedi bod yn gyfrifol am y cyfan. A chael hynny'n rheswm dros ei foliannu a'i fawrygu? Byth. Byth. Mi fydda'n well gen i aros hefo'r anifeiliaid gwyllt am ddeng mlynedd a deugain.'

Bu'r ddau'n eistedd mewn tawelwch am yn hir, a thrydar yr adar yr unig sŵn. Daeth awel ysgafn i chwarae â changhennau'r bedwenni ar gyrion y llannerch. Cododd Gwen ac ymestyn ei breichiau, fel un a fuasai'n cysgu. Eisteddodd ar y garreg, ei phenelinoedd yn pwyso ar ei chluniau a'i gên yn gorffwys ar ei dwylo. Syllodd i lawr ar y glaswellt.

'Mi gynigiodd gynnal gwasanaeth.'

'Pwy?'

'Mr Evans. Y gweinidog newydd. Mi gynigiodd gynnal gwasanaeth. Gwasanaeth coffa i chdi. Er dy fwyn di. Er ein mwyn ni, Mam a finna.'

'Deud wrtho am beidio â phregethu ar Nebuchodonosor.' Roedd ei lais yn ddidaro, ond sythodd Gwen ei chefn. Cododd ei phen a chraffu ar wyneb ei brawd, a chanfod ei fod yn gwenu, a'r wên honno'n un gyfarwydd. Chwarddodd y ddau. Ar ôl i'r pwl chwerthin ddarfod, rhoddodd ei phen yn ôl yn ei dwylo.

'Rhaid i ni ddeud wrthi, Robert. Mam. Rhaid i chdi ddeud wrthi. Mi ddylia hi gael gwbod.' Arhosodd o'n dawel; cododd Gwen ei phen gan geisio dal ei lygaid ond roedd o'n edrych i gyfeiriad y coed. 'Rhaid i chdi ddeud wrthi. Ty'd i'w gweld, Robert. Ty'd. Mae'n rhaid i chdi. Mae hi wedi dechra trafod y peth hefo Mr Evans. Doedd hi ddim am neud. Mi wrthododd. Am yn hir iawn. Isio meddwl bod yna siawns nad oeddach di wedi marw. Ond mae hi wedi dechra trafod y gwasanaeth efo'r gweinidog. Ty'd ati, Robert. 'Di hi ddim yn haeddu cael ei chosbi fel hyn.'

'Fedra i ddim, Gwen. Mi wyddost ti hynny. Ddihengis i o'r ysbyty. Gadael heb ganiatâd. Mae hynna gystal â dianc o'r fyddin. Rhaid i mi fynd yn ôl gynta. Dychwelyd i'r ysbyty ar fy liwt fy hun. Fedra i ddim dangos 'y ngwynab yma. Mi fydden nhw'n f'arestio i. Fedra i ddim mynd drwy hynna.'

'Mi fydden nhw'n dallt, Robert.' Plygodd i lawr ato a gosod un llaw ar dop ei ben. Rhedodd ei bysedd drwy'i wallt hir, blêr. 'Mi fydden nhw'n dallt o dan yr amgylchiada. Fydda neb yn dy gosbi am be 'nest ti o dan yr amgylchiada. O ystyried dy gyflwr di.'

'Fy nghyflwr i.' Hanner chwarddodd yn sbeitlyd wrth boeri'r geiriau allan.

'Mi wyt ti'n well 'wan, Robert. Mi wyt ti'n well.'

Cododd i sefyll, ei gefn ati hi a'i lygaid unwaith eto tua'r coed.

'Dydw i ddim, Gwen. Dydw i ddim.'

'Mi wyt ti. Dwyt ti ddim yn siarad yr un fath ag oeddach chdi ar y dechra. Mi wyt ti fatha chdi dy hun 'wan.'

'Dwi ddim 'run fath. 'Mond mod i'n cadw'r siarad y tu mewn i fi fy hun. Dwi ddim isio dy ypsetio di. Ond mae o yno o hyd, y tu mewn i mi. Yn rhan ohona i. Mi fydd am byth. Mi ddylia fo fod. Ac fel yna dwi isio i betha fod. Mae'n well gen i hynna na dychwelyd ac ufuddhau a derbyn y drefn. Well gen i aros yma yn y goedwig am ddeng mlynedd a deugain.'

'Ty'd at Mam. Ty'd ati hi a deud. Mae hi'n haeddu hynny, Robert, 'yn tydi? Ac wedyn mi awn ni â chdi yn ôl i'r ysbyty yng Nghaer. Ar y trên. Neu mi gawn ni gerbyd o ryw fath. Dim ond i chdi ddŵad a dangos dy wyneb i Mam. Mae hi'n haeddu hynny. Mi drefnwn dy daith yn ôl wedyn.'

'Fedar neb drefnu nhaith i'n ôl. Dim trên. Dim car. Dim cerbyd o unrhyw fath. Fedra i ddim teithio'n gyflym. Nid felly bydd y daith yn ôl. Rhaid i mi droedio'r llwybr ar fy nhraed fy hun.'

'Iawn, Robert, iawn. Ond ty'd i'w gweld hi. Ty'd at Mam.'

'Fedra i ddim gadael i neb arall y ngweld i. Fedra i ddim.'

'Ty'd ati hi yn y nos felly. Heno. Neu nos yfory. Mi wyt ti'n gwbod lle mae'r bwthyn, 'yn dwyt? Mi fedri di ddŵad yn ddistaw yn y nos. Fydd neb arall yn dy weld. 'Mond i chdi ddod. 'Mond iddi hi gael cyfla i weld dy wyneb – gweld dy fod yn fyw. Mi gaet ti fynd dy ffordd dy hun wedyn.'

Ni ddywedodd air.

'Caet fynd dy ffordd dy hun wedyn, Robert. 'Mond i chdi ddŵad i'w gweld hi gynta. Mae hi'n haeddu hynny, 'yn tydi? Ty'd, Robert. Ty'd heno neu nos fory. Mae'n *leave* i'n dod i ben; bydd yn rhaid i mi fynd yn ôl y diwrnod ar ôl fory.'

'Mi allet ti ofyn am ragor o amser. O ystyried y ffaith bod y rhyfel ar ben? Gofyn am estyniad. Er mwyn dy fam. Er mwyn Mam.'

'Fedra i ddim gneud hynny. Mae yna ddigon o waith yn yr ysbyty o hyd. Digon o gleifion. Ac mi fydd rhagor o garcharorion yn dod yn fuan – *repatriated prisoners*, a llawar ohonyn nhw'n ddigon gwael. Beth bynnag, dwi'n dal yn nyrs – 'sgen i'm hawl i aros i ffwrdd. Mi oeddwn i'n lwcus ar y naw i gael hynny o *compassionate leave* ges i pan aeth Mam yn wael. Fedrwn i ddim gofyn am ragor. Dwyt ti ddim isio i *minna* gael 'y nghosbi, nacwyt? Rhaid i mi fynd yn ôl.

Drennydd, Robert – y diwrnod ar ôl fory. Ty'd ati hi, Robert. Ty'd ati hi.'

'Fedra i ddim, Gwen.'

30

Daeth o'r goedwig fin nos.

Troediai'r llwybrau llaith cyfarwydd a arweiniai at ymyl y coed. Cerddai'n hyderus drwy'r cysgodion: roedd yn symud mewn gwyrdd. Derwen, gwernen, onnen: adnabyddai bob coeden wrth ei haroglau, wrth ei theimlad, wrth ei chysgod. Daeth drwy'r llwyn bedw, rhisgl gwyn y bedwenni'n disgleirio yng ngolau'r lleuad, yn datgan eu bod nhw'n gwarchod y ffin. Arafodd ei gamre wrth iddo fynd heibio i'r afallennau. Roedd y canghennau'n llwythog o afalau gwyrddion. Estynnodd ei fys i gyffwrdd ag un ohonynt yn ysgafn – cyffwrdd, nid pigo – cyn camu ymlaen.

> Afallen, bêr ei changhennau.
> Afallen bêr a dyf mewn llannerch.

Brasgamai drwy'r tir neb hwnnw sy'n sefyll rhwng cae a choed, y gofod gwyrdd nad yw'n ddôl nac yn llannerch nac yn llwyn. Daeth at y cae a gallai weld siâp ambell adeilad y tu draw iddo. Adnabu'r llinellau: yr ysgoldy, capel ei dad, y tŷ yn ei ymyl, yr un a fuasai'n gartref iddynt ar hyd y blynyddoedd.

Cerddai'n araf ar draws y cae. Roedd golau yn ffenestri'r capel. Daeth yn nes. Roedd caenen o leithder ar y ffenestri y tu mewn: arwydd sicr fod tyrfa wedi ymgasglu yno. Daeth yn nes ac yn nes. Aeth yn ei gwrcwd o dan un o'r ffenestri. Gwrandawodd ar y llais dieithr a oedd yn annerch y gynulleidfa y tu mewn.

'Wel, gyfeillion, fe ddaeth y newydd, yn'do? Fe ddaeth y newydd heddiw, y newydd y buom ni'n ei ddisgwyl, y newydd y buom ni'n dyheu amdano cyhyd. Fe ddaeth ar y weiarles. Fe ddaeth gyda'r post. Fe ddaeth mewn nifer o ffyrdd cyffredin, ffyrdd cyfarwydd, ond fe ddaeth megis ar esgyll un o angylion Duw. Do, gyfeillion, do. Fe ddaeth y newydd heddiw fod Siapan yn ildio, fod y rhyfel ofnadwy hwn ar ben. Mae bwystfil rhyfel eisoes wedi gweinio'i gleddyf yn Ewrop a heddiw mae'r newydd gogoneddus wedi'n cyrraedd fod yr un bwystfil yn gweinio'i gleddyf yn y dwyrain pell. Mae'n ildio, gyfeillion, mae'n gorwedd i lawr i dderbyn tangnefedd Duw. Gadewch i ni ddiolch iddo Ef. Gadewch i ni ddiolch ein bod wedi cael byw i weld y diwrnod gogoneddus hwn, i godi'n lleisiau a . . .'

Symudodd yn gyflym oddi wrth wal y capel. Aeth ar ei bedwar yn gyntaf, edrych o'i gwmpas yn ofalus ac yna – wedi canfod nad oedd neb yno i'w weld – rhedodd yn ôl ar draws y cae. Symudodd mewn gwyrdd, yn hyderus, yn ddiofal, yr holl ffordd yn ôl at yr afallennau. Eisteddodd yn ymyl un ohonynt gan bwyso'i gefn yn erbyn ei boncyff.

> Afallen bêr a dyf mewn llannerch:
> Yn ysgwyd ei bôn – milwyr yn ei chylch.

Na, na, na. Dim ond un milwr sydd yma heno. Dim ond un sy'n ysgwyd ei bôn, un dyn unig sydd yn ei chylch heno. Bûm yn ymdaith gan wylliaid. Do, do, do, yn ymdaith gan wylliaid ac anifeiliaid gwylltion. Do, do. Bûm yn cuddio, bûm yn ceisio bedwen, do, bedwen ac afallen. A'r hyn a adroddaf, gwir fydd.

> Fe ddaw amser ar fy union
> I goed yn bell o goed Celyddon.
> Fe fydd lleng o foneddigion
> yn bwyta dim ond dalan poethion.

Naci, naci, naci. Mae honno'n hen. Mi wyddost honno. Beth bynnag, ni ddaeth yma i ddarogan heno. Ddest ti ddim yma i ddarogan heno. Na, nid heno, na. Naddo, naddo,

naddo: nid i hynna dest ti yma heno. Mi wyt ti ar berwyl o fath arall heno. Wyt, mi wyt. Yndw, yndw, yndw. Mi ydwyf. Cefais ddŵr y nant i'm bedyddio. Do wir, i'm bedyddio o'r newydd. Do, do, do. Cefais de danadl ac ysgaw yn win. Cefais ferw dŵr yn afrlladen. Do, do, do. Ond ni ddeuthum i adrodd heno. Naddo, naddo, naddo, nid i hynna des i yma heno. Ddes i ddim i ddarogan. Nid heno. Nid heno.

Disgynnai golau'r lleuad drwy ganghennau'r afallen gan fritho'r glaswellt â gwe – cysgodion a golau ariannaidd yn plethu drwy'i gilydd. Cododd ei lygaid tua'r lleuad. Symudodd fymryn er mwyn ei gweld hi'n well, er mwyn ei chanfod yn y to byw uwch ei ben.

'Ar Galfaria yr ymrwygodd . . .'

Daeth chwa o ganu i'w glustiau – awel ysgafn yn ei gludo tuag ato o'r capel yn y pellter. Oedd, roedd wedi bod yno ers sbel. Roedd yr awel wedi bod yn cludo awelon cyfarwydd iddo, caneuon a dreiddiai'n ysgafn iddo heb iddo sylwi'i fod yn gwrando arnynt. Tyrfa'n canu emyn-donau cyfarwydd. Organ yn cyfeilio, yn chwyddo'r sain. A oedd yn clywed ychydig o'r geiriau, neu a oedd yn gosod y geiriau i'r alawon yn ei feddwl ei hun?

Ar Galfari
I Galfaria
dyma gariad
Calfaria fryn yw'r unig sail
y lloer a'r sêr i gyd yn dweud mai rhyfedd yw
diolch iddo
heddwch perffaith yw dy gwmni
nid myfi sydd yn rhyfela
ar Galfaria
fel y moroedd
tosturiaethau fel y lli

Gorweddodd yn y glaswellt wrth ymyl y goeden. Er bod rhai o'r gwreiddiau'n codi o dan ei gefn, nid oedd yn anghyfforddus. Edrychodd i fyny: afallen, bêr ei changhennau. Ni chysgodd, ond gorweddodd yn llonydd a'i lygaid ar agor. Yn gwrando. Ychydig ar ôl i'r canu orffen clywodd synau gwahanol. Cododd ei ben ychydig. Gwrandawodd yn astud. Lleisiau'n siarad, lleisiau'n gweu trwy'i gilydd, drysau'n cau – sŵn pobl yn gadael y capel, yn cerdded adref. Rhoddodd ei ben yn ôl i lawr yn y glaswellt. Gorweddodd yno a'i lygaid ar agor. Yn gwrando. Yn disgwyl.

* * *

Cododd ar ei eistedd. Buasai popeth yn dawel am yn hir. Ci'n cyfarth yn y pellter bob hyn a hyn. Tylluan yn hwtian yn y goedwig y tu ôl iddo. Ond neb i'w glywed. Neb. Roedd yn dywyllach o lawer erbyn hyn; daethai cwmwl dros y lleuad. Edrychodd i fyny drwy'r canghennau: rhaid bod y lleuad hithau wedi symud hefyd, rhaid ei bod hi'n cilio o'r awyr. Tywyllwch. Safodd, craffodd, gwrandawodd: neb.

Dos, dos, dos. *All clear*, popeth yn iawn. Dos.

Symudodd yn gyflym, yn hanner cerdded, hanner rhedeg. Symudodd yn hyderus; roedd yn symud mewn gwyrdd. Ni chroesodd y cae at y capel, ond yn hytrach dorri ar ei draws a symud i'r dde. Daeth at y clawdd: cerrig, ambell ddraenen ddu. Craffodd ar y cae nesaf: neb. Dim byd. Croesodd y clawdd. Symudodd drwy'r dalan poethion a'r rhedyn i ganol y cae. Tawelwch, neb i'w weld. Cerddodd yn gyflym a daeth at wrych bychan: draenen ddu, ysgawen, onnen. Ci'n cyfarth rywle yn y pentref, yna tawelwch. Cerddai'n araf ar hyd y gwrych. Daeth i geg yr hen lôn fechan.

Safodd yn llonydd am yn hir. Gwrandawodd: tawelwch. Neb i'w glywed, neb o gwmpas. Camodd i'r lôn a stopio'n ddisymwth wrth glywed sŵn cerrig mân yn crensian o dan ei draed. Trodd ei ben yn araf o'r naill ochr i'r llall. Craffodd, gwrandawodd: dim i'w glywed, neb i'w weld. Cerddodd yn araf, yn codi un droed yn ofalus ac yn ei gosod i lawr yn araf, fymryn o'i flaen. Yn ddistaw, ddistaw. Aros, gwrando, yna codi'r ail droed. Roedd y lôn yn gul. Tyfai coed mawr drosti – ynn mawr – eu canghennau'n cau yn do, yn ffurfio nenfwd tywyll uwchben yr hen lôn drol. Roedd bron mor dywyll â chrombil y goedwig, ond nid oedd y llwybr mor gyfarwydd. Roedd y lôn yn anwastad, yn dyllog, a'r cerrig mân yn bygwth sgrialu, symud, crensian gyda phob cam. Cerddai'n araf, araf.

Llifai golau i mewn i'r lôn mewn dau le o'i flaen – dau dwll yn y tywyllwch – a gwyddai'n reddfol beth oedd y ddau. Y cyntaf oedd y twll mawr ar ben y lôn: adwy, y man lle roedd y lôn drol yn troi i mewn i stryd fawr y pentref. Gwahanol oedd yr ail dwll yn y tywyllwch. Roedd y twll ei hun yn llai o lawer o ran maint, ond roedd y golau a lifai drwyddo'n gryfach o lawer. Ffenestr. Gwyddai nad oedd ond un tŷ ar y lôn gul, dywyll hon. Un tŷ – y bwthyn bychan hwn. Cerddodd ato yn araf, araf.

Safodd o flaen y drws, gan symud ei ben o'r naill ochr i'r llall. Craffodd ar y tywyllwch. Gwrandawodd. Cododd ei law a chydio yn nolen y drws. Safodd. Trodd ei ben i edrych dros ei ysgwydd i'r lôn. Craffodd. Gwrandawodd. Gafaelodd yn dynn yn y ddolen a'i symud yn araf, araf. Yn ddistaw, ddistaw. Nid oedd dan glo.

Agorodd y drws a chamu i mewn i'r golau.